上　先生和我

こころ　夏目漱石

心

〔日〕夏目漱石 著　于荣胜 译

人民文学出版社
PEOPLE'S LITERATURE PUBLISHING HOUSE

夏目漱石
こころ

图书在版编目(CIP)数据

心 /(日)夏目漱石著;于荣胜译.
—北京:人民文学出版社,2018
(中经典精选)
ISBN 978-7-02-014389-4

Ⅰ. ①心… Ⅱ. ①夏… ②于… Ⅲ. ①中篇小说-日本-近代 Ⅳ. ①I313.44

中国版本图书馆 CIP 数据核字(2018)第 127700 号

总 策 划 **黄育海**
责任编辑 **甘 慧 欧雪勤**
封面设计 **汪佳诗**

出版发行 **人民文学出版社**
社 址 **北京市朝内大街 166 号**
邮政编码 **100705**
网 址 **http://www.rw-cn.com**

印 制 **上海盛通时代印刷有限公司**
经 销 **全国新华书店等**

开 本 **890 毫米×1240 毫米 1/32**
印 张 **8.375**
字 数 **142 千字**
版 次 **2019 年 3 月北京第 1 版**
印 次 **2019 年 3 月第 1 次印刷**

书 号 **978-7-02-014389-4**
定 价 **49.00 元**

如有印装质量问题,请与本社图书销售中心调换。电话:010-65233595

中经典
精选

Novella

一

我总是把他称作先生，在此我也隐去其名，只将他写作先生。这倒并不是因为惧怕世人的议论，而是因为对我来讲这样颇为自然。每逢忆起他时，我总愿称他为先生。此刻提笔写作，心情也是同样。我很不愿意用名字首字母一类的来指代他。

我与先生在镰仓相识，当时我还是个年轻学生。我的朋友暑假去洗海水浴，写来明信片邀请我，我决定筹钱去朋友那里。为筹钱，我用了两三天。可是，刚到镰仓三天，邀我来的朋友就接到家里的电报，让他回去。电报上说他母亲病了，但是朋友不相信。很早以前，父母就逼迫他接受他不情愿的婚姻。按照现代的看法，他远不到结婚的年龄，年纪太轻了，关键是他对结婚对象并不中意。所以，暑假本该回去，他却故意避而不回，躲在东京附近玩。他拿出电报和我商量该怎么办。我也说不清楚如何是好。不过，如果他的母亲真的病了，说什么他也该回去。所以，最终他还是回去了。这样一来，我这个特意来玩的人就被孤零零地留在了这里。

离学校开课为时尚早，所以我可以继续留在镰仓，也可以返回学校。在两者之间，我选择了暂且留在这里的居住处。朋友的家里是中部地区的有钱人，他并不缺钱。但是，一是在校读书，二是年岁尚轻，所以他的生活状态与我不相上下。因此，孤零零的我也不必再去寻找其他合适我的住所。

在镰仓这里我的住所也算是偏僻的。要去打台球或者吃冰激凌，必须走过一道长长的田埂，只有这样才能接触到那些时髦东西。即使坐车去，也得花上二十钱①。不过，这一带四处都建满了私人别墅，而且距离海边很近，洗海水浴倒是很方便。

我每天都要去海边洗海水浴。穿过古旧的、铺盖着乌黑稻草屋顶的房屋，下到海岸，立刻可见在沙子上蠕动着的来此避暑的男男女女，这一带竟然住着如此多的城市人种，真是令人惊讶万分。有时候，海里面简直就是人头攒动，黑压压一片，好似在澡堂子里泡澡一般。人群中虽然没有一个我熟悉的人，但这热闹的情景也紧紧吸引着我，我或躺在沙滩上看景，或任浪花拍打膝盖在那里蹦来跳去，心情格外愉快。

就是在这纷杂的人群中，我发现了先生。当时，海边有两家临时搭建的饮茶小店，一次偶然的机会使我养成习惯，常去其中的一家。来此避暑的游客，不同于那些在长谷②一带建有大别墅的人，他们都没有自己的专用更衣间，因此这种类似公共更衣

① “钱”为“日元”的百分之一。
② 镰仓地区的地名。

间的地方就显得更为必要。他们在此喝茶，在此休息，除此之外还要在此洗涤游泳衣裤，在此清洗身上的咸味道，在此寄存帽子伞具。我虽然没有游泳衣裤，但也担心身上物品被盗，所以每次去海里游泳前，都要到这家小店把身上衣物全部脱掉。

二

我在那家饮茶小店见到先生的时候，先生刚好脱掉衣物正要去海里游泳。而我却从海水中走了上来，海风吹着我湿漉漉的身子。当时无数黑压压的脑袋在两人之间晃动，遮挡住了我们俩的视线。当时如果没有特别情况出现，我也许最终也不会注意到先生。虽说海边嘈杂不堪，我也是头昏脑涨，但我还是马上就发现了先生，因为有一个外国人在先生身边。

那外国人皮肤的白皙，一进小店就立刻引起我的注意。他身穿地道的夏和服，进来后便把夏和服扔在马扎儿上面，然后站在那里双手抱肩面对大海。他身上几乎一丝不挂，只穿着一件我们所穿的那种裤衩，这让我感到很是不可思议。两天前，我曾到由井海滨[①]，蹲坐在沙滩上看了许久西方人海中游泳的样

① 位于现静冈县庵原郡由比町。

子。我坐的地方是个微微凸起的小坡，近处就是饭店后门，就在我目不转睛观望的时候，有许多男人来这里清洗身子，他们中没有一个人裸露自己的身体、胳膊或者大腿。女人们更是愿意把自己的肉体遮掩起来，她们大都头戴胶皮帽子，放眼望去，只能看到波浪之中浮动的她们身上的褐红色、藏蓝色，还有深蓝色。不久前刚刚看到这种景象，而现在眼前便出现了这样一个外国人，只穿一条裤衩、几乎一丝不挂地站在众人前面，这让我感到很是新鲜。

过了一会儿，外国人回过头看了看自己身旁，对着身边弯着腰的日本人说了几句话。那个日本人正在捡拾掉落在沙地上的手巾。捡起手巾，日本人马上裹在了头上，随后便向海边走去。那个人就是先生。

仅仅是出于好奇，我一直注视着他们两个沿着海滩并肩走去的背影。不一会儿，他们径直走入波浪之中，从在浅滩嬉戏的人群中穿过，来到比较开阔的海面，两个人同时游了起来。他们的头向近海移去，渐渐变小。就在此时，他们又折转身子直奔海边游来。回到小店，他们马上擦干身子，穿上衣物，也没有用井水洗浴一下，就迅速走掉了。

他们离开后，我依旧坐在原来的马扎儿上吸着烟。当时，我呆呆地满脑子都是先生的事情。我觉得自己似乎在什么地方见过先生的面容。不过，却怎么也想不起什么时候、在什么地方。

当时的我与其说无忧无虑，不如说郁闷无聊至极。于是，第二天我算计好可能见到先生的时间，特意跑到那间饮茶小店。结果，那个外国人没来，先生独自一人戴着草帽来了。先生摘下眼镜放在架子上，随即便用手巾裹上头，沿着海滩大步走下去。先生像昨天那样，从喧闹的人群中穿过，独自游了起来，此时我突然产生一种冲动，打算紧追其后。我从浅水区大步走到海的深处，弄得海水飞溅到头顶上，然后我交替划动着双臂用力向先生游去。结果，先生并没有像昨天那样折返回来，而是游着弧线从莫名其妙的方向朝着岸边游去。就这样，我的目的最终也没有达到。当我上了岸，甩着手上的水珠走进小店的时候，先生已经穿好衣服，和我走了个面对面，随即便离开了小店。

三

第二天，我又在同样的时间来到海边，见到了先生。第三天，同样是这样。但是，我和先生既没有打招呼的机会，也没有相互寒暄的场合。而且，先生待人的态度有些拒人千里的感觉。他总是按时来按时走，来得超然，走得亦超然。无论周围多么喧闹，他也毫不在意。最开始和他同来的那个外国人，自那以后再也没有露过面，先生总是独自一人。

有一次，先生像往常一样很快就游回来上了岸，就在他准备穿上脱在往常地方的夏和服时，不知为什么，那件夏和服上面沾满了沙子。先生打算抖掉沙子，便扭转身子抖动了两三下和服，结果放在和服下面的眼镜掉落在地板的缝隙中。先生系好白底染花的夏和服的带子，突然寻找起来，看样子像是刚发现丢失了眼镜。我马上低下头，把手伸到座位下，帮他捡起眼镜。先生说了声谢谢，从我手里接过眼镜。

第二天，我跟在先生后面跃入大海。然后，我和先生向着一个方向游去。游了大约两町①左右，来到了近海，先生扭过头和我攀谈起来。只有我和先生二人漂浮在这广阔无垠的蓝色大海之中。放眼望去，强烈的阳光照射在海水与山之上。我拼尽充满自由与喜悦的肌肉的力量，在大海之中狂舞。而先生却骤然停下手脚的划动，仰身平躺在海浪之上。我也模仿先生的样子，平躺在海面上。蓝色天空的色彩好似刺眼的闪亮的光一般，将强烈色彩投向我的脸上。我高喊道："真痛快啊！"

① 日本的长度单位，1町等于60间，约合109米。

过了一会儿，先生改变了姿势，就像是要在海水中站起身似的。他催促我说：“咱们回去吧。”我的体质比较好，还想在海里多玩一会儿。但是听到先生的劝诱，便马上爽快地应道：“哎，咱们回去。”这样，我们两个又一同沿着原来的线路返回到海边。

从此以后，我和先生变得亲近起来。但是，我并不知道先生住在哪里。

记得隔了两天，正好是第三天的下午，我和先生在小店见面的时候，先生突然问我：“你打算在这里待很久吗？”我脑子里毫无防备，不知如何回答，便答道：“我也不知道会待多久。”不过，看到先生面露意味深长的笑意，我顿时感到有些不好意思，便不得不反问道：“先生呢？”这是第一次从我嘴里说出“先生”这个词。

当天晚上，我来到先生的旅店。说是旅店，但是和平常的旅馆不一样，这是一座建在开阔寺院里的别墅一般的建筑物。我还了解到住在里面的并不是先生的家人。我一口一个先生，弄得先生苦笑不迭。我连连辩解，说这是我对年长者的习惯称谓。我向先生询问前段时间见到的那个外国人。先生告诉我他的许多事情，譬如他有不同寻常之处，已经不在镰仓了，等等。然后，先生对我说，自己几乎不和日本人交往，却和这类外国人走得很近，真是不可思议。最后我跟先生说，好像在什么地方见过先生，可是却怎么也想不起来。年轻的我当时猜测先生是不是也在心里有和我相同的感觉，因此，暗自期待着先生的回答。可是，先生沉吟了一会儿，说：“对你这个人，我一点儿印象也没有。你是不是认错人了？”听到这话，我有一种奇妙的失望感。

四

月末，我回到了东京。先生在这之前很早就离开了避暑地。和先生分别的时候，我问先生：“今后能否经常到您家拜访？”先生只随口说了一句：“嗯，来吧。”当时我自认为和先生关系匪浅，问话的时候内心期待着先生的话语会更为亲切入微。所以，先生仅寥寥一语的作答稍稍刺伤了我的自尊心。

先生时常因为这种事情让我失望。先生似乎注意到了这点，又似乎对此毫不在意。我反复品尝着这种轻微的失望感，而这种失望感又使我无法从先生身边离去。事情向相反的方向发展，每逢感到这种不安，我反而更愿意迎面而进。我觉得如果继续向前走，我所期待的东西总会充分展现在眼前。我很年轻，不过年轻的热血并不会让我毫无保留地接近所有的人。也不知为什么，只有在先生面前，我才会生出这种心情。直到先生已经离去的今天，我才终于明白：原来先生一开始就没有讨厌我。先生常常对我做出的爱答不理的寒暄、颇显冷淡的动作，其实并不是试图疏远我的不快的表现。那只是惨不忍睹的先生在向试图接近他的人们发出警告：我不值得你们接近，不要靠近我。看来，对他人的倾慕不做回应的先生，并不是在蔑视他人，而是在蔑视自身。

当然，我回到东京时是有准备去拜访先生的。回到东京离学校开学还有两周的时间，我想在这段时间里到先生家去拜访先生。但是，回来过了两三天，在镰仓时的那种心情渐渐变得淡薄了。而且，大都市五彩斑斓的气氛，加上记忆复苏带来的强烈刺激，深深地占据了我的心。每逢在大街上看到学生们的神情，我就会感到对新学年的期待和紧张。在这段时间里，我忘记了先生。

开学一个月后，我的内心又出现一种懈怠。我开始在大街上游逛，神情有些不满足。我环顾自己的房间，希望找到某种东西。先生的面容又一次浮现在我的脑海中。我又想见到先生。

第一次去先生家拜访的时候，先生不在家。我记得第二次是在之后的那个星期天。那天天气很好，万里晴空，让人心情颇为开朗。先生还是没在家。在镰仓的时候，先生亲口告诉我他一般都是在家的。而且，我还听他说他是不愿意外出的。结果，来了两次，两次都没有见着，想起他说的话，我心底涌起说不出缘由的不满。我没有马上离开先生家的门，望着女佣的脸，稍有踌躇地立在那里。女佣还记得上次帮我转交过名片，便让我等在门前，又走进屋里。一会儿，一个像是先生夫人的人走了出来。那位夫人真的很美。

她十分详尽地告诉我先生的去向。据她说，先生有个习惯，每个月的这一天都要去位于杂司谷[①]的墓地为一位故人献花扫墓。“他刚刚出门，还不到十分钟。”夫人为我感到遗憾似的说。我点点头，向外走去。朝着热闹的街市走了一町左右，我心想索性边散步边到杂司谷那边走走。一种试试能否见到先生的好奇心怂恿着我，于是我转过身向那儿走去。

五

墓地近前是苗圃，我从苗圃的左侧进去，顺着宽阔的道路往里面走，道路两旁栽种着枫树。就在这时，一个像是先生的人突然从道路尽头的茶馆出来。我走到他的近旁，能够看到阳

① 地名。

光映射在他眼镜框上的光。先生突然停住脚步，看着我的脸：“这是怎么回事……这是怎么回事……”先生把同样的话重复了两遍。他重复的话语在这寂静的中午时分显得有些异样。突然之间，我不知道该如何作答。

“你是在盯我的梢吗？为什么要这样？……”

先生的态度显得很沉稳，声音很低沉，但是神情中却有一种说不清楚的阴影。

我告诉先生自己是怎样来到此处的。

“我妻子告诉你我来为谁扫墓了吗？她告诉你那个人的名字了吗？”

“没有。夫人什么也没说。”

“是吗？……我说嘛，她不会讲的。和你第一次见面，也没有必要讲嘛。”

先生一副自己说服了自己的模样。但是，我却丝毫不明白这里面的含义。

先生和我在墓地之间穿行，打算走到大街上去。在刻有“伊莎贝拉某某”“神仆罗金”的墓旁，建有一座卒塔婆，上面写着“一切众生悉有佛性”。有的墓碑上写有“全权公使某某”的字样。在一座雕刻着“安德烈”的小墓碑前，我问先生：“这该怎么读？”先生苦笑着说：“也许人家打算让我们读作

‘andelie’吧。”

对于这些墓碑显示的各色人物的不同样式，先生并不像我那样感到滑稽和反讽。我指着圆的石碑、细长的花岗石碑喋喋不休。一开始，先生只是默默地听着，最后，先生对我说：“你还没有认真地思考过‘死亡’这件事情。”我沉默不语。自此之后，先生再也没说什么。

墓地的拐角处矗立着一棵巨大的银杏树，遮天蔽日。来到树下，先生仰头看着高高的树梢说：“再过一段时间，会很漂亮的。到时，这棵树的叶子全都黄了，这边的地面会堆满金色的落叶。”先生每个月必定要在这树下走过一次。

对面有个男人在平整高低不平的地面，准备修建新的墓地，他停下挥动耙子的手，看着我们。我们在此处向左拐，一会儿就来到了大街上。

我本来就是漫无目的地闲走，此时只是跟着先生，先生走到哪里，我就往哪儿走。先生比平时话更少了。虽说如此，我并没有感到特别别扭，所以便和先生一起悠悠然地走着。

“您就直接回家了吗？”

“嗯。我也没有其他的去处了。”

我们两个又默默地走下坡路，向南边走去。

“先生家的墓地是在刚才那里吗？”我又开口问道。

“不在。”

“那是哪位的墓呢？……是您亲戚的墓吗？”

“不是。”

除此之外，先生什么也没有说。我也不再说这个话题了。不过，走了一町左右后，先生突然又回到我刚才的问题。

“那里有我朋友的墓。”

“您每个月都给自己的朋友扫墓吗？”

“是的。”

那天，先生没有再说其他的话。

六

从此以后，我便常常去拜访先生。每次去，先生都在家。随着见到先生的次数增多，我去先生家也越发频繁起来。

但是，先生对我的态度没有任何变化，无论是第一次打招呼的时候，还是我们关系密切以后。先生总是十分平静，有时平静得都让人觉得有些寂寞。从一开始就让我感到不可思议的是，先生这个人不好接近。尽管如此，我心底还是有一种强烈感觉，觉得自己不能不去接近先生。在众人中，对先生有这种感觉的也许只有我一个。不过，也只有我被后来的事实证明了这种直觉，所以就算有人说我年轻，笑我愚笨，我还是为自己拥有先见之明的直觉感到十分高兴，觉得它值得信赖。能够爱他人的人，不得不去爱他人的人，尽管如此却无法张开双臂拥抱那些试图投入自己怀抱的人——这就是先生。

我刚才说过，先生自始至终都十分平静，十分沉稳。但是，有时他的脸上会掠过不可思议的阴云。这阴云就像映在隔扇上的黑乎乎的鸟影，瞬间会消失不见踪影。第一次在先生眉宇间发现这种阴云，是在杂司谷的墓地我突然招呼先生的时候。就在这异样的瞬间，我此前畅快流动的心潮稍微遭到小小的阻滞。不过，这种阻滞是短暂的，不到五分钟，我的心脏又恢复了平时的弹力。后来，我完全忘记了这阴暗的云影，我偶然又记起它是在距小阳春不远的一个夜晚。

那天我正和先生聊天，眼前突然浮现先生曾特意为我指点的那棵大银杏树。算起来，先生每月定期去扫墓的日子就在三天后。三天后的那天，我的课上到中午，所以会比较空闲。我对先生说："先生，杂司谷的银杏叶子已经全掉了吧。"

"大概还没有全掉光。"

先生嘴上这样说，眼睛却盯着我，盯视了好久。我赶紧答道：

"下次您去扫墓的时候，我能陪您去吗？我和您一起到那儿散散步。”

“我是去扫墓，不是去散步。”

“不过，顺便散散步不是也挺好嘛。”

先生什么也没说。过了一会儿，先生又说：“我真的是去扫墓，没有别的。”看来先生说什么也要把扫墓和散步区分开来。这是不是先生的借口，我也说不清楚，反正我觉得当时先生很像个孩子，有些奇怪。我没有就此打住。

“那，扫墓也没关系，您带上我吧。我也去扫墓。”

实际上，区分扫墓和散步对我来讲是没有意义的。听到我的话，先生的眉宇间阴沉了一下，眼睛里放射出异样的光芒，那是一种微微不安的神情，说不清楚是因为厌烦，还是嫌恶，还是恐惧。我猛然想起在杂司谷招呼“先生”时，那时先生的表情和现在完全一样。“我，”先生说道，“我有自己的原因，不能和你一起去那里扫墓。至于这个原因，不能和你讲。就连我的妻子，也没有和我一起去过。”

七

我觉得不可思议。但是，我去先生家并不是为了研究先生。因此，我并没有深究，事情就这样过去了。现在琢磨起来，我当时的态度可以说是我人生中颇为值得珍视的。我觉得，正是因为我的这种态度，我才能够和先生保持真正人的温暖交往。如果我的好奇心多少起些作用，去揣摩先生的内心世界的话，维系我们两者之间的同情的线，大概会无情地立马断裂。年轻的我当时完全没有觉察到自己的这种态度，也许正因为如此才越发宝贵。假如出现失误，事情走向了反面，还不知道会出现什么结果呢。现在就是想象一下，我也会感到不寒而栗。就算结果不会如此，先生一直都在害怕别人以冷冷的眼光审视自己，却是事实。

渐渐地，我每个月都要到先生家去上两次或者三次。就在我频繁拜访先生的某一天，先生突然问我：

“你为什么要这么频繁地到我这种人的家来呢？”

“您说为什么呢，我也没有什么特别的意思。……不过，是我打扰您了吗？”

“我倒不是嫌你打扰我。”

的的确确，从先生身上我根本看不出有丝毫嫌我麻烦的地方。我知道先生的交际范围极为狭窄，也知道先生以前的同学里只有两三个人住在东京。有时候我也会和与先生同乡的学生一块儿吃饭，但是他们看上去谁也不像我和先生那么亲密。

“我是个孤独的人，”先生说，“所以，很高兴你来。所以，我才问你你为什么这么频繁地来我家。”

“那又是为什么呢?”

我反问先生，但先生没有说话。他只是看了看我的脸，问：“你多大了?”

这话问得我不得要领。当时我没有细想就离开了。没过四天，我又去拜访先生。先生一进客厅就笑了起来，说道：

“你又来了。”

“嗯。我又来了。”说完，我也笑了起来。

要是其他人这样说我，我肯定要生气发火。但是，先生这样说我，我完全不在乎，非但不生气，反而感到高兴。

“我是个孤独的人，”先生那天晚上又说起前段时间说过的话，“我是个孤独的人。你大概也很孤独吧。我虽然孤独，但是已经上了年纪，不活动、不接触外界也没关系。可你还年轻，恐怕这样就不行了。你肯定想尽可能地活动、接触外界。肯定想活动、想接触某种东西。……”

“我一点儿也不觉得孤独。”

“年轻的时候是最孤独的。你既然不孤独，为什么还要经常到我家来呢?”

先生此时又重复了一遍先前的话语。

“即使见到我，恐怕你心里还是觉得有些孤独。因为我没有力量把你这种孤独彻底根除。用不了多久，你就会向其他的方向张开自己的双臂，而且很快就会不再来我家。”先生这样说着，脸上露出寂寞的笑容。

八

幸运的是，先生的预言并没有成为现实。当时我没有什么人生经历，所以就连这预言所包含的再明白不过的意义也无法理解。我仍然去见先生，而且渐渐地还在先生家与他们一起进餐。自然而然，我和夫人也就得开口交谈。

作为一个普通人，对女人我并不冷漠。但是我这个年轻人，过去几乎没有过和女人真正意义上的交往的经历。我也说不清到底是不是这个原因，反正我只对大街上相遇的陌生女人有比较大的兴趣。上次在先生家门前见到先生夫人时，夫人给我的印象真是太美了。后来，每次见到夫人，我的这种印象都仍然如初。但是，除此之外，我觉得自己对夫人就没有其他可说的了。

这倒不是说夫人身上没有特点，只是夫人没有机会向我展示，也许这样解释才最为妥当。不过，我面对夫人时总觉得她是从属于先生的一部分。而夫人待我则是出自于一番好意，觉得我是来看自己丈夫的一名弟子。所以，一旦将介于两者中间的先生排除在外，那么我们这两个人就会毫无联系，互无关联。所以，要说到第一次见到夫人的印象，我只能说太美了，除此之外别无其他。

有一次，我在先生家陪先生喝酒，夫人在旁边为我们斟酒。先生显得比平日要高兴。他喝干自己杯中的酒，把酒盅递给夫人，说："你也来一杯。"夫人说了声"我不行"，打算推辞，但最后还是不得已地接过酒盅。夫人紧皱漂亮的眉头，把酒盅放在嘴边，酒盅里的酒大约有我的一半左右。夫人和先生开始了下面的对话：

"真少见。平常你很少劝我喝酒的啊。"

"那是因为你不爱喝嘛。其实偶尔喝喝还是蛮不错的。心情会很好的。"

"一点儿也不好。只有难受。不过，酒少喝一点儿，看上去你很高兴啊。"

"有时候心情会变得很好，不过也谈不上总是。"

"今天晚上怎么样?"

"今天晚上心情好极了。"

"以后每天晚上可以少喝点儿。"

"那可不成。"

"你就喝吧。喝上点儿，你就不觉得寂寞了。"

先生家里只有他们夫妇二人，另加上一位女佣。每次我去，家里大都是静悄悄的。我从来就没有听到过高声大笑。有时候，我觉得家里好像就只有我和先生两个人。

“要是有个孩子就好了。”夫人面对我说。我答道：“是啊。”不过，我心里却没有任何的同情。当时尚未有孩子的我，只认为孩子很烦人。

“那就给你领一个来。”先生说。

“领养的孩子那哪儿成，你说是不？”夫人又把脸转向我。

“不管到什么时候，这孩子也不会有的。”先生说。

夫人不作声了。“为什么？”我说出夫人要问的话。此时，先生大声笑着说：“这是上天的惩罚。”

九

据我所知，先生和夫人是一对恩爱夫妻。我没有作为家庭成员和他们生活过，所以当然不了解其中的内情。不过我和先生在客厅面对面说话时，先生要做什么，总是顺口就喊夫人，从不叫女佣。先生总是扭转头朝着隔断门高喊：“哎，静。”（夫人的名字叫“静”。）那呼叫声，在我听来十分温柔。应声而来的夫人神情显得十分自然。有时先生请我吃饭，夫人也来席间作陪，此时他们两人之间的这种关系就表现得格外明显。

先生常常带夫人去听音乐会，去看戏。还有，先生夫妇俩有时还会出去旅行一个星期，在我的记忆里，这种旅行至少也有两三次以上。我现在手里还有先生他们从箱根买来的明信片。去日光的时候，他们还买了里面封着一片红叶的邮品。

当时我所看到的先生和夫人的关系大约就是如此。那段时间里，只有一次可以说是个例外。那天，我像往常一样来到门前，正准备敲门进去，客厅方向传来说话的声音，听不出来是谁。我仔细一听，说话声音非同寻常，好像是在争吵。先生家的客厅紧邻玄关，站在格子门前我大致也能听得出争吵的语调。而且，那个不时提高嗓音的男性声音我也听出来了，就是先生。另一个人的声音要比先生低，虽然说不清楚是谁，但感觉上似乎是夫人。她好像在哭。我不知如何是好，在门前犹豫了一下，随即打定主意，没进屋门就返回了宿舍。

当时，我心里觉得很不踏实，眼睛看着书却理解不了书的内容。大约过了一个小时，先生来到窗下叫着我的名字。我大吃一惊，连忙打开窗户。先生在下面邀我出去散步。我从衣带里面取出刚才裹在里面的手表看了看，已经八点多了。我刚刚回来，身上还穿着和式裙裤，便立刻走到外面。

那天晚上，我和先生一起喝了啤酒。先生原来酒量就不大。

有些人喝到一定的量后，如果还不醉，就会继续喝到一醉方休，但先生绝不肯做这种冒险。

“今天喝得不痛快。”先生苦笑着说。

“高兴不起来吗？”我十分同情地问道。

我心里始终挂念着刚才的事情，就像嗓子里扎了鱼刺一般，弄得我十分难受。我一会儿想跟先生说开了，一会儿又告诉自己还是算了吧，内心的这种波动让我心神不宁。

“我说你，今天晚上有什么事情吧？”先生问我，“实际上，我也是有些怪。你看出来了吗？”

我什么也没有说。

“是这么回事儿，刚才和我妻子发生了些口角。结果，这种无聊的事情弄得我心神不定。”先生又说。

“为什么……”

我没有说出“争吵”这个词。

“妻子误解了我。我跟她说她误解了，可她就是不听。最后把我弄火了。”

“夫人怎么误解先生了？”

先生无意回答我的提问。

“我如果是妻子想象的那种人，我也就根本不会这么痛苦了。”

先生是怎样痛苦，这是我无法想象到的。

十

回家的时候，很长一段路上，我们两人谁都没有开口。后来，先生突然开口道：

“今天我做错了一件事。我发火离开了家，这一定会让妻子担心。细想起来，女人真是可怜。除了我，我的妻子再没有人可依靠了。”

说到这里，先生停顿了一下，马上他又接着说了下去，看上去他并没打算听我回话：

“这么一说，我这个丈夫好像是家里的主心骨似的，其实还是蛮滑稽的。你怎么看我？我这个人看上去，是个强者还是个弱者？”

“中不溜吧。”我回答道。我的回答好像让先生觉得有些意外。先生默默地走起来，不再开口。

到先生家要从我借宿的地方经过，这样走最顺路。可是，走到自己宿舍近旁的拐角处，就和先生告别，我总觉得这有些失礼。“我顺便陪您回家吧。”我刚说完，先生就伸手拦住我。

“天晚了，你快些回去吧。我也早点儿回去，为了妻子。”

先生最后补充的这句“为了妻子”，当时不知为什么温暖了我的心。就因为这句话，我回去以后睡得十分安稳。以后很长时间，我都没有忘记先生的这句话：“为了妻子”。

由此可以得知，先生和夫人之间所起的波澜并不是什么了不起的事情。之后，我多次出入先生的家，也能大致推测出这种事情也是鲜有发生的。不仅如此，有一次先生还向我吐露他的感想。

“在这个世界上，我了解的女人只有一个。除了妻子外，其他的女人我都不觉得是女人。妻子也是同样，放眼天下，她眼里也只有我一个男人。从这种意义讲，我们按说应该是最为幸福的一对。”

我忘记了先生说这话的前因后果。所以，现在也说不清楚先生为什么要向我做这种坦白。不过，我至今仍然清晰记得先生当时真挚的态度以及忧郁的语调。先生说的“我们按说应该是最为幸福的一对”，当时久久萦绕在我的耳边。先生为什么不肯断言自己是幸福的人，而偏偏要讲“按说应该”呢？唯有这点让我感到不可思议。特别是先生在说这话时还加强了语气，这更使我难以理解。先生事实上果真幸福吗？是不是应该幸福但实际上并不幸福呢？我心里不能不对此产生质疑。不过，这种疑问仅仅停留一时，不久就被扔到了脑后。

后来我去先生家的时候，先生没有在家，这使我和夫人有了一次面对面谈话的机会。那天，先生到新桥[①]去送朋友，他的朋友要坐从横滨出发的轮船去国外。当时，按照惯例，到横滨乘船的人都要在新桥坐八点半的火车出发。那天，我有一本书需要向先生请教，所以就按照和先生约好的时间九点来到先生家。但是，先生却临时决定去新桥，出于礼节去送送头一天特意来告别的朋友。先生留下话说，他一会儿就能回来，如果他没回来，就让我等等。于是，我就进门到客厅等先生回来，在此期间和夫人聊了一会儿。

十一

那时候，我已经是大学生了。与第一次来先生家时相比，我觉得自己变得成熟了。当时我与夫人的关系也密切了许多，和夫人一起时我一点儿也不觉得拘谨。面对面，我们聊着各种话题。不过，交谈的内容也没什么特别的，所以如今已经忘得一干二净了。其中只有一件被我记得很牢。不过，在告诉诸位之前，我有点儿事要预先交代一下。

---

① 新桥是日本东京都港区东北段的地区。此处指旧新桥车站，日本最早的铁路的起点。

先生是个大学毕业生，这打一开始我就清楚。不过，当时我并不知道先生其实什么工作也不做，游手好闲，而是回到东京过了一段时间才知道这事。当时，我还想过先生为什么要游手好闲、悠闲度日呢。

先生在社会上毫无名气，所以除了与先生有密切接触的我，不可能有其他人会对先生的学问、思想表达敬意。对此，我经常表示太可惜了，可先生却只说了这么一句："我这样的人要是在社会开口发言，那该对不起大家了。"就再也不理睬我。在我听来，先生的话有些过谦，反而觉得先生在揶揄世间。实际上，先生有时也会抓住过去的同学、现在的名人，将他们当作批评的对象，他的批评毫不留情面。于是，我就公开指出先生的这种矛盾，对此肆意评说。我的本意倒不是要反抗先生，而是因为世间不了解先生而先生对此毫不在意，使我感到十分遗憾。当时，先生语调阴郁地说："我这个人没有任何资格去接触世间，所以这事儿真是无可奈何。"先生脸上明显露出一种深不可测的神情，说不出是失望，还是不满，抑或是悲哀。总而言之，那是一种强烈得让人无言以对的神情，我不敢再说什么，只得就此住口。

我和夫人聊天的时候，话题很自然地就由先生谈起，最后落到此处。

“为什么先生只是在家里思考、学习，却不愿到社会上做事呢？”

“他可不成。他不愿意做那种事情。”

“也就是说，先生已经看透了世事，觉得很无聊吗？”

“看透没看透……我是个女人，也说不清楚。不过，我觉得恐怕不是你说的这种意思。他大概还是想做些事情的。只不过他做不来。所以说，他挺可怜的。”

“可是，从健康来看，先生好像也没有什么特别不好的地方嘛。”

“他身体当然是结实了。他没有任何毛病。”

“那他为什么不能出去活动呢？”

“那就说不清楚了。我要是弄明白了，就不会这么担心了。就是弄不明白，所以才觉得他太可怜了。”

夫人的语气透着对先生的极大同情。不过，她的嘴角显露出些许微笑。从外表来看，我对先生倒显得更为关切。我绷着脸，沉默不语。看到我这个样子，夫人突然想起了什么似的，又开口说道：

“他年轻的时候可不是这样子。年轻的时候，简直就是另一个人。现在完全换了个人似的。”

“您说年轻的时候，那是什么时候？”

"就是他读书的时候。"

"先生读书的时候，您就认识先生？"

夫人脸上突然现出一抹红晕。

十二

夫人是东京人，先生对我说过，夫人本人也告诉过我，所以我早就知道。夫人曾经对我说："说老实话，我是个混血儿。"夫人的父亲好像是鸟取那边的人，她母亲却出生在当时还被叫作江户的东京的市谷，所以夫人才以调侃的口吻对我这样说。可是，先生的家乡是新潟，他们之间根本就不沾边。所以，如果说夫人在先生读书的时候就认识先生，那么显然不是因为同乡的关系。不过，脸上现出一抹红晕的夫人，好像不愿意再继续这个话题，我也就没有继续追问。

与先生相知到先生去世，通过各种各样的问题，我了解到先生的思想、情操，但是对于他结婚时的情形却几乎一无所知。有时候，我会对此做出善意的理解，觉得先生这种上岁数的人，大概会有意在年轻人面前回避讲述过去的男女恋情。有时候，我又会从负面理解这事情，无论是先生还是夫人，他们和我不同，都是在上个时代那种传统氛围中长大成人，所以碰到这种男女恋情的问题，也许就没有勇气敢于如实地袒露自己。当然，这些都不过是我的揣测而已，无论是哪种揣测，里面都包含着一种假定，那就是他们二人的婚姻背后存在着一段美妙的罗曼史。

这种假定果然没错。但是，我的想象只不过仅仅集中在了他们相爱的一面。事实上，在美好的恋爱背后，还上演过一场可怕的悲剧。而且，这场悲剧对于先生来说究竟有多么悲惨，就连他的妻子也一无所知。至今夫人也不了解那曾经的一幕，至死先生也没有告诉夫人。先生毁灭了自己的生命，以此避免了妻子幸福的毁灭。

对这场悲剧我现在也说不出什么。至于他们两人的恋爱，可以说就是产生于这场悲剧，我所知道的也只有这些了。他们两位都没有对我说过更多，夫人是因为谨慎，先生则出于更深的原因。

只有一件事还留在我的记忆里。有一次，正值赏花时节，我和先生一起去上野[①]。在那里，我们看到一双美丽的男女。他们恩爱地偎依在一起，漫步在樱花树下。场所毕竟不太适宜，所以有不少人不再赏花，望着他们，为之侧目。

---

① 位于东京都台东区，是这一带公园、商店街的总称。也是观赏樱花的名胜地。

“像是一对新婚夫妇嘛。”先生说道。

“真是幸福的一对啊。”我回应道。

先生面无表情，连一丝苦笑都没有，转身向看不到那对男女的方向走去。然后，先生问我：

“你恋爱过吗？”

我答道没有。

“你不想恋爱吗？”

“嗯。”

“你刚才看到那对男女，讥笑他们来着吧。从你的讥笑里，能听得出你的不悦，你想恋爱，却没有恋爱的对象。”

“您是这么理解的吗？”

“能听得出来。品尝到恋爱甘美的人，他们的话语应该更为温情。可是……可是，你要知道，恋爱就是罪恶。你明白吗？”

我大吃一惊，无以应答。

十三

我们在人群之中，人群中的每个人都显得喜气洋洋。穿过人群来到树林，看不到花，也看不到人。一路上，我们再没有机会谈起同样的话题。

“恋爱是罪恶吗？”我突然问道。

“是罪恶。的的确确。”先生回答时的语气像刚才一样肯定。

“为什么呢？”

“你不久就会明白为什么的。不是不久，按说你已经明白了。你的内心不早就为恋爱躁动了吗？”

我在自己的内心搜寻了一番，发现里面空空荡荡，找不到一点与之有关的东西。

“我心里根本就没有您说的那种对象，我觉得自己对先生没有任何隐瞒。”

“正因为没有对象，才会躁动的。你觉得有了对象人就能够稳定下来，所以心里会躁动。”

“可我现在并没有那种躁动。”

“你不就是因为觉得不满足才到我这儿来的吗？”

“也许是这样的。可那和恋爱是两码事儿。”

“这是走上恋爱的一个阶段。你先来到我这个同性这儿，之后才会去拥抱异性。”

“在我看来，这是两种完全不同的东西。”

“不，它们是一样的。我是个男人，无法使你获得满足。另外，由于某种特殊的原因，我更无法使你获得满足。事实上，我很为你感到可惜。你离开我到别的地方，这是无法阻挡的。

相反，我倒是更希望你能够这样。可是……”

不知什么原因，我感到很悲伤。

“您认为我会从您身边离开，我也没有什么好说的。不过，我从来就没有产生过这种念头。”

先生没有理睬我的这番话。

“但是，你要注意啊，因为恋爱就是罪恶。在我这里你虽然得不到满足，但同时也没有任何危险。……你了解吗？那种被长长的黑发缠绕着的感觉。”

我能够想象得到，但事实上并不清楚。总而言之，对先生所说的那种罪恶的意义，我还是懵懵懂懂，十分不解。而且，我心里还有些不悦。

“先生，您能不能把罪恶的含义说得再清楚些。要是不行的话，咱们就说到这里吧。我自己再加深对罪恶含义的理解，等我清楚了以后再说。”

“都怨我。我觉得自己对你说的都是事实。可是，实际上却给你造成了烦恼。都怨我。”

先生和我从博物馆的后面向莺溪方向漫步走去。透过矮墙的间隙可以看到宽阔的院子里生长着繁茂的大叶竹，郁郁葱葱。

“你知道我为什么每个月都要去杂司谷墓地，为埋葬在那里的朋友扫墓吗？”

先生的这个问题突如其来，而且先生也清楚地知道我无法回答这个问题。我沉默了一会儿，没有作答。于是，先生恍然大悟似的说道：

“我又说错话了。本来觉得不该让你烦恼，想对你解释一下的，结果这解释又让你再添烦恼。我这个人真是没有用。这件事就到此为止。总而言之，恋爱是罪恶，你要记住啊。而且，它又是神圣的。”

对先生的话，我越发不解了。但是，自此先生再也不谈恋爱的事情了。

十四

年轻的我动不动就爱钻牛角尖。至少在先生的眼里，我好像就是这种人。对我而言，与先生交谈要比在学校听课有用得多。先生的思想要比教授们的意见更为难得。说到底，坚持自己、少言寡语的先生，比起那些站在讲坛上指导我的显贵更了不起。

“你可不要脑袋发热啊。”先生说。

“我这样想，就是清醒思考的结果。”我如此回答时，充满了自信。但这种自信并没有得到先生的肯定。

“你这是头脑一时发热。清醒之后你就会厌恶自己。现在你这样看我，让我感到很痛苦。一想到今后你将会发生的变化，我就更加感到痛苦。”

“难道在您眼里我就那么浅薄吗？就那么不可相信吗？”

“我是觉得你有些可悲。”

“您是说我有些可悲，不值得信任吗？”

先生不耐烦似的把脸转向院子。院子里已经看不到前一段时间点缀其间的、鲜红夺目的、沉甸甸的山茶花。先生习惯从和式客厅观赏这些山茶花。

“不信任？我不是不信任你。而是不信任整个人类。”

此时从矮墙外面传来叫卖金鱼的声音，除此之外听不到其他任何声响。距离大街二町远的、深幽之处的小路显得格外安静。屋里像往常一样，静悄悄的。我知道夫人就在隔壁房间，也知道夫人能够听到我说话的声音。但是，我却完全忘掉了这些。

“那，您连夫人也不信任了？”我问先生。

先生神情略显不安，没有正面回答我。

“我连自己都不信任。也就是说，我自己都无法信任自己，所以也就很难相信别人。我只能诅咒自己，除此之外别无他路。”

“您要是这么较真地思考，恐怕所有的人都是不可靠的。”

“不，我这可不是思考，而是干过。干过以后，我才大吃一惊。而且非常害怕。”

我还想沿着这条思路和先生再聊聊。就在此时，隔扇门背后传来夫人对先生的两声招呼。先生在夫人第二声招呼时答应道：“什么事儿？”夫人说“你来一下”，便把先生叫到隔壁房间里。我不知道他们两人之间到底发生了什么事情。先生很快就返回客厅里，没有容得我展开想象的翅膀。

“总而言之，你不要过于信任我，否则今后就要后悔的。而且，你还会因为自己受到欺骗，进行残忍的报复的。”

“您这是什么意思呢？”

“过去曾经跪拜在别人面前的记忆，会使人们试图把自己的脚放在别人头顶上。我不想接受今天的尊敬，就是为了将来不遭受别人的侮辱。我忍受着今天的寂寞，就是为了不必忍受更为寂寞的未来。我们生在充满自由、独立、自我的现代，就要付出代价，每个人都要品味这种寂寞。”

对于有如此领悟的先生，我不知该说些什么。

十五

后来，每当我看到夫人，心里总有些不解。难道先生对夫人总是这种态度吗？如果是的话，夫人会因此而满足吗？

表面上看，也看不出夫人究竟是满足还是不满足。这是因为我没有机会近距离接触夫人，也是因为夫人见到我时没有任何异样，还因为只有先生在场我和夫人才能够见面。

我的疑问还不仅是那个问题。先生对于人的这种领悟到底从何而来？难道仅仅是冷静客观内省自己、观察现代的结果吗？先生是个坐而深思的人，难道只要有了先生的头脑，坐在那里深思一番就会自然而然生出这种态度吗？我并不这么看。先生的领悟似乎来自于活生生的生活。它和经过烈火灼烤、彻底冷却的石屋有着不同的轮廓。我眼里的先生的的确确是一位思想家。但是，这位思想家总结出来的思想似乎得到了强有力的事实支撑。这好像不是那种与己无关的他人的事实，而是自己本身痛切感受到的事实，是令自己热血沸腾、惊心动魄的事实。

这不是我内心揣测出来的，而是先生自身所做的告白。不过，这告白好似云雾一般，笼罩在我的头顶，遮蔽住了神秘而可怖的东西。而且，我也不知它为什么可怖。先生的告白虽然朦胧不清，但却明显刺激着我的神经。

我假定先生的这种人生观源自某次强烈的恋爱事件（当然，是发生在先生和夫人之间的事件）。先生曾说过“恋爱就是罪恶”，由此看来或许这能够成为一个线索。不过，先生告诉过我，他现在爱着夫人。这样说来，他们二人的恋爱是不可能产生这种颇有厌世意味的领悟的。“过去曾经跪拜在别人面前的记忆，会使人们试图把自己的脚放在别人头顶上”，虽然先生的这段话应该能够适用于现代的所有人，但好像并不适用于先生与夫人。

杂司谷那座不知何人的墓，不时浮现在我的脑海。我知道这座墓与先生因缘很深。我不断接触先生的生活，却又难以接近先生的生活，我在头脑里接受了这座墓，但它对我而言只不过是存在于先生头脑中的生命断片。对我来说，这座墓死寂一般，它无法成为打开两人之间生命大门的钥匙。相反，它倒像横亘在两人之间的恶魔，妨碍两者的自由往来。

就在忙东忙西之间，我又有了一次必须和夫人面对面交谈的机会。那是一个秋日，白天开始变短，人们忙忙碌碌，每个人都感受到寒冷的降临。先生家周围接连三四天遭遇到偷盗。发生偷盗的时间都是半夜时分。虽说各家并没有被盗走什么太值钱的东西，但凡是进了小偷的人家必定有东西被盗走。夫人心里十分不安。就在此时，一天晚上先生有事必须外出。先生在外地医院工作的一位同乡朋友来到东京，先生和另外两三位要请这位朋友吃顿饭。先生向我讲明事情缘由，让我在他回来之前帮助照看一下家，二话没说我就应承下来。

十六

我到先生家的时候，正值傍晚，已是快要点灯的时刻。办事认真的先生已经离开了家。夫人对我说："他刚刚出门，说是去晚了不太好。"接着把我引到先生的书房。

书房里除了桌子、椅子外，还有许多书，在灯光的映射下，透过玻璃可以看到它们整齐排列的漂亮书脊。夫人让我坐在火盆前面的坐垫上，说了句"那边的书你随便看看"，就走了出去。我觉得此时自己就好像是个客人，在等待主人的归来，心中很是歉疚。我抽着香烟，端坐在那里。从起居室传来夫人和女佣说话的声音。书房在起居室那边沿廊顶头拐弯处，所以就整个房子的位置而言，是最为安静的一处，比客厅还要僻静。夫人的说话声响了一阵便停了下来，之后房间里鸦雀无声。我紧张地等待小偷的到来，一动不动，全神贯注，不敢松懈。

三十分钟过后，夫人又在书房门口露面。她望着我，"呦"了一声，眼里露出略带惊讶的神色。看到我像客人一本正经地端坐在那里，夫人感到有些好笑。

"你看上去像是很拘束？"

“哪里，我并不觉得拘束。”

“不过，还是有些无聊吧。”

“不是的。我一直担心小偷会来，有些紧张。所以也不觉得无聊。”

夫人手里端着红茶茶杯，笑着立在那里。

“这里是个角落，我觉得不适合看家。”我说。

“抱歉了，那你就到里面来吧。我估计你会觉得无聊，所以就沏了茶来。你要是方便来起居室的话，我就在那儿给你上茶。”

跟随着夫人，我离开了书房。起居室里有个漂亮的长火盆，上面的吊壶发出咝咝的响声。在这里，我喝着茶，吃着点心。夫人担心喝了茶睡不着觉，没有动茶杯。

“先生是不是经常参加这种聚会？”

“那倒不是，他很少去。最近他好像越来越不愿意见人了。”

夫人说这些时，看不出有什么为难的样子，所以我也就大着胆子问道：

“这么说，只有夫人您是例外了。”

“不是，我也是他讨厌的一个。”

“这是瞎说。”我说，“您明知这是瞎说，才这么说的吧。”

“为什么？”

“让我说，先生正因为喜欢夫人，所以才讨厌世间。”

“你到底是做学问的，真是厉害，很会讲些空洞的道理。是不是也可以这么说，正因为讨厌世间，所以他连我也讨厌？这从道理上讲是一样的。”

“这么讲，确实也说得通。不过，在这件事上还是我说得对。”

“我可不愿意争论。男人总是进行争论，而且还觉得挺有意思。明明用的是个空酒盅，可他们竟然会不厌其烦地交杯换盏，真是不可思议。”

夫人的话让人有点不好受，但是从其刺耳的程度来讲，又绝不是那么猛烈。夫人不很现代，不是那种让对方承认自己很有头脑，以此展现自己的骄傲的人。夫人看上去好像更在意隐匿深处的“心”。

十七

我本来还有话要说，但又不愿意让夫人认为我是个爱争论的男人，所以就没有再说下去。看到我盯着喝干的红茶杯底沉默不语，夫人怕我不高兴，便问道：“要不要再喝一杯？”我赶紧把茶杯递到夫人手里。

“放几块？一块？两块？”

夫人看着我的脸，拿起方糖，问该放几块方糖在茶杯里，这很有些奇怪。夫人的态度虽然谈不上取悦我，但是显得十分温柔，她竭力要打消刚才那几句激烈的话。

我默默地喝着茶，喝完后仍然默不作声。

“你真是一言不发啊。”夫人说。

“要不然又该挨说了，说我动不动就和人争论了。”我回答道。

“没有的事。”夫人说道。

我们接着又开始聊起来，议论起两个人共同关心的先生。

“夫人，接着刚才的话我再说两句，行吗？您听起来也许会觉得是空对空的大话。可我觉得这绝不是不着边际。”

“那你就说吧。”

“假设您突然不在了，您说先生还会像现在这么过下去吗？”

“那可就说不清楚了。这种问题，你得去问先生。不该拿到我这里来。”

“夫人，我可是认真的。您可不要逃避啊，必须老实回答。”

“我是老实的。老实说，我真不知道。”

“那，您到底爱先生爱到什么程度？这个问题不该问先生，该问您吧。那我就向您请教。”

“这种问题，你用不着这么一本正经地问吧。”

“您说不必要一本正经地问，意思就是这事还用问吗？”

“对啊。”

“您对先生这么忠实，要是您突然不在了，先生该会怎么样呢？在这个世界上，让先生感到有趣的地方一块都没有。要是您突然不在了，先生以后会怎么样呢？我是说，不是站在先生的立场看，而是从您的角度看。从您的角度看，先生会幸福？还是不幸呢？”

“要是从我的角度看，很清楚啊。（先生也许并不这么想。）要是离开我，先生只会不幸，或许还会活不下去。我这么说，也许有些自命不凡。我自认为为了让先生作为人能够过得幸福，是尽了自己最大努力的。我也深信，除了我，再也不可能有其他的人，能够使先生幸福。正因为如此，我才能这么心安理得。”

“我觉得您的这种想法，先生应该是十分清楚的。”

“那是另外一个问题。”

“那您还是要说，先生讨厌您吗？”

“我不认为先生讨厌我。他没有理由讨厌我。但是，先生是讨厌世间的。最近，他不仅讨厌世间，而且还讨厌人。所以，作为人的一员，我怎么可能得到他的喜欢呢。”

我终于明白了夫人所说的“讨厌”的含义了。

十八

我十分佩服夫人的理解力。夫人的态度也不像传统的日本女性，这促使我对夫人格外关注。夫人几乎不使用当时开始流行的所谓新的词语。

我是一个粗心大意的青年，从来没有和女性深入交往过。作为男性，出于对异性的本能，女性也会成为我时常憧憬幻想的对象。但是，那只不过是一种懵懂的憧憬，那种感觉就仿佛是在春天眺望令人依恋的白云。所以，一旦来到真正的女性面前，我的感情时常会突然发生变化。这些出现在自己面前的女人不仅不会吸引自己，反而会在当时让自己产生不可思议的排斥力量。但是面对夫人，我毫无此种感觉，也不会产生平常男女之间那种认识上的差异。我忘记了夫人的女性身份，在我眼里夫人仅仅是一位先生的真挚批评者、同情者。

“夫人，我以前问过您，先生为什么不在社会上多活动活动，您这么对我说，他原来不是这种人。”

“是的，我说过。实际上，他就不是那样的。”

“那他是什么样的？”

"就是你希望的那种，又是我希望的那种，能够靠得住的人。"

"那他为什么突然就变了呢？"

"不是突然变的，而是渐渐变成那样的。"

"那段时间，您一直都是和先生在一起的吗？"

"当然在一起，我们是夫妻嘛。"

"那照理来说，您就应该十分清楚先生变化的原因的。"

"所以说，让人费解嘛。你这么讲，我心里真是痛苦。我想来想去，就是弄不明白。这以前，我不知央求了多少次，让他说清楚事情的原因。"

"先生是怎么说的？"

"他只是说，我没有什么好讲的，你也不必担心。我就是这么一种人。除此之外再也不和我说什么。"

我不再说话了，夫人也停住了话语。女佣房间里的女佣悄然无声。我完全忘记了小偷的事情。

"你是不是觉得我有责任？"突然，夫人问我。

"不。我没有。"我回答道。

"你不要藏着掖着，如实说。你要是那么看我，我真是太痛苦了。"夫人又说道，"我觉得自己为了先生还是做了自己能做的事情。"

“这先生也是认可的，没有问题，您放心。我保证。”

夫人搅动了一下火盆里的灰，然后把水瓶里的水倒进铁壶里。铁壶马上停止了鸣叫。

“后来我终于忍耐不住了，就跟先生说，我要是有做错的地方，你就不客气地指出来，能改掉的缺点，我一定改。结果先生说你没有缺点，缺点都是他自己的。他这么一说，弄得我难受得要死。我一哭，就更想知道自己错在什么地方。”

夫人眼里噙满了泪水。

十九

一开始，面对夫人，我觉得自己理解夫人。但就在我这么与夫人交谈中，夫人的形象渐渐发生了变化。夫人开始触动我的内心，不再影响我的头脑。明知道她自己和丈夫之间没有任何芥蒂，也不可能有，可还是觉得其中一定有点儿什么。尽管如此，当自己睁大眼睛竭力寻找时，结果还是什么也没有找到。这正是夫人的痛苦所在。

夫人一开始就断言，先生观察世界的眼光是厌世的，所以导致自己也遭到先生厌恶。尽管如此，夫人却无法坚信这种断言。如果寻根问底，其实她的感觉完全相反。她推测先生是因为厌恶自己最终才厌恶整个社会。不过，她费尽周折，也找寻不到此种推测的依据，确认不了这一事实。先生的态度自始至终都像个做丈夫的，亲切温柔。日复一日的亲情将夫人内心的怀疑包裹起来，悄悄地藏在她的心里。这天晚上，夫人在我面前打开了它。

“你怎么看？”她问，“究竟他是因为我才变成那样呢？还是因为你说的人生观什么的，才变成那样的呢？你有什么就说什么，不要遮遮掩掩。”

我没有打算遮掩什么。但是，如果这后面存在着我未知的东西，那么无论我怎么回答，都是无法满足夫人的。而且，我相信这后面一定存在着我不知的东西。

“我说不清楚。”

夫人脸上露出期望落空时的可怜神色。我赶紧又对自己的话做出补充：

“但是，我可以保证，先生不会厌恶您的。我只是把自己从先生那里亲耳听到的话如实转达而已。先生不是那种撒谎的人，对吧？”

夫人没有说什么。过了一会儿，她这样说：

“其实，我还是有一点儿根据的……”

“是先生变成那样子的原因吗？”

“嗯。如果说那就是原因，至少就没有我的责任了。所以，这一点会让我的心情舒畅许多……”

“是什么事情呢？”

夫人看着自己放在膝盖上的手，显得有些迟疑。

“那我就说了。你帮我判断一下。”

“要是能够做出判断，我一定会的。”

“我不能全说出来。全说出来，会挨说的。我就说不会挨说的那部分。”

我十分紧张，咽了一口唾沫。

“先生上大学的时候，曾经有一个非常要好的朋友。那个朋友就在快要毕业的时候死了。突然就死了。”

夫人小声地、就像是对我轻声耳语似的说道：“其实他的死很奇怪。”听到夫人的话，我马上问道：“为什么？”

“我只能跟你说这么多。不过，自从这件事发生以后，先生的性格就开始变了。他那个朋友为什么会死，我真的不知道。先生恐怕也不清楚。不过，先生后来变了个人似的，我想和这也是有些关系的。”

“那个人的墓，就在杂司谷吧？”

“这也是不能说的，我不能讲。不过，你说，一个人失去了朋友，难道会发生这么大的变化吗？我真想弄明白。所以，你帮助判断判断。”

我的判断倒是倾向于否定。

二十

我打算根据自己掌握的事实，尽可能地安慰夫人。夫人似乎也希望我能给她尽可能的安慰。所以，我们两个无休无止地交谈着同样的问题。可是，本来我就没有抓住事情的根本。夫人的不安实际上也来自于根据不足而产生的怀疑。一旦说到事件的真相，夫人自己也并没有了解多少。即使她了解那些事情，也不能全部告诉我。因此，不论是作为安慰者的我，还是被安慰的夫人，都好像漂浮在波浪之上，左摇右摆。不管怎么摇摆，夫人都会向我伸出双手，竭力寻求我的不靠谱的判断。

十点左右，玄关处传来了先生的脚步声。夫人突然站起身来，好似忘掉了刚才的一切，把坐在她前面的我晾在一边。夫人差点儿和打开屋门的先生走了个头碰头。被晾在一旁的我，此时也跟在夫人后面迎了上去。只有女佣没有出来，看样子她还在打盹儿。

先生心情显得很好。不过，夫人显得更高兴。我记得刚才夫人漂亮的眼睛里还噙满泪水，黑黑的眉头还在紧皱。我仔细注视着夫人的这一变化，感到颇为奇异。如果说这不是伪装（实际上我并不认为这是伪装），那夫人刚才的表现或许也能理解为女性调皮的游戏，为了玩弄感伤而利用我。当然，当时我并没有打算如此评价夫人。相反，看到夫人突然变得开朗，我心里倒是踏实了。我想，要是这样的话，倒不必再担心了。

先生笑着问我："辛苦了。小偷没来吧。"接着又问："小偷没来，是不是觉得挺没劲的？"

我回去的时候，夫人向我点点头，说了句"对不住了"。听那口气，不像是表示你这么忙还抽空来，对不住你，倒像是在跟我开玩笑，意思是你特意来了结果小偷却没来，真对不住。夫人一边说着一边把刚才没吃完的点心包在纸里，让我带走。我把纸包塞在和服衣袖兜里，绕过寒冷夜晚路人稀疏的小路，向热闹的市区疾步而去。

我把从记忆中撷取的当晚的事情详细地记载在这里，自然是因为这值得记载。不过，说实在的，以我拿着夫人给的点心回家时的心情，我并不很在意当天晚上的对话。第二天我从学校回来吃饭，一眼就看到头天晚上放在桌上的点心包，马上从中取出涂抹着巧克力的茶褐色蛋糕塞进嘴里。吃蛋糕时，我品味着点心的美味，心里在想：总而言之，给我这块点心的一双男女还是这世上幸福的一对。

秋去冬来，没有再发生什么特别的事情。我去先生家的时候，也会求夫人帮助浆洗、缝补衣服。以前我从来没有穿过和式衬衫，从那时候起我也会在衬衣上面套上件黑领的东西。没有孩子的夫人常说，帮人做这种事情反而能够打发时间，对身体也很有利。

“这是手工织的。我从来没有缝制过质地这么好的和服。不过，就是太难逢。针根本就扎不进去。你这布料让我断了两根针。”

就连发牢骚的时候，夫人的神情也看不出嫌麻烦的样子。

二十一

冬天来临的时候，偶然发生的一件事使我必须回老家看看。我母亲来信讲述了父亲病情不佳的状态，信的末尾还加了这么一句：眼前虽然还没有什么特别值得担心的，但是他毕竟上了年纪，你最好能抽出时间回来看看。

父亲很早以前就患上了肾病。正如人到中年后经常见到的那样，父亲这病同样也是慢性的。父亲本人，还有家里人都深信不疑，觉得这病只要小心些，是不会发生突变的。实际上，父亲通过疗养还是熬到了今天，所以每逢来了客人他都会吹嘘一番。母亲来信说，有一次父亲到院子里做事情，突然一阵眩晕跌倒在地上，家里人误认为是轻微的脑溢血，马上做了简单的处置。后来医生诊断说，好像没有什么大碍，还是老病根造成的。此时，家里人才把晕倒和肾病联系起来考虑。

离寒假没有多少时间了，我想等到学期结束也没有什么关系，就拖延了一两天。结果，就在这一两天里，我眼前时常浮现出父亲卧床的样子、母亲担心的神情。每逢此时，我都会感到揪心般的痛苦，于是决心回家去。为了省去家里寄钱的麻烦，节省时间，我决定到先生家去告别，同时请先生为我垫付所需的费用。

先生有些感冒，懒得到客厅来，便把我让进书房。柔和的阳光透过书房的玻璃窗照射到桌布上，入冬以来很少见到这种景象。这一天，这间日照很好的房间里摆着一个大火盆，三脚架上吊着金属盆，先生正利用盆里冒出来的热气以防止呼吸困难。

“大病还好说，得个小感冒，反倒真麻烦。”先生看着我苦笑道。

先生是个没有得过什么像样的病的人，他的话引得我只想笑。

“我要是得个感冒什么的，还能够忍受，要是得了再大的病可就受不了了。先生您也是一样的吧。您试一试就知道了。”

“是吗？我要是得病，索性就得个要命的病。”

我没有特别在意先生的话，随即就向先生提起母亲来信的事情，请先生借钱救急。

“那是，谁都会着急的。你说的这个数儿，家里应该有，你拿去用。”

先生叫来夫人，让她拿给我所需的钱数。夫人从里面的茶具柜或者什么柜子的抽屉里取出钱来，郑重其事地包在白色和纸里，说：“那是真让人担心啊。”

“是晕倒了好几次吗？”先生问道。

“信里没有写。……会晕倒多次吗？”

“嗯。”

此时，我才知道夫人的母亲也是得了我父亲这种病，后来去世了。

“反正是挺难治的吧。”我说。

“那是啊。我要是能代替，就代替她了。……你父亲觉得恶心吗？”

“我也说不清楚。信上没有写。大概是没觉得。”

“只要不恶心，那就还没有事。”夫人说。

我当天晚上坐火车离开了东京。

二十二

父亲的病没有想象的那么糟糕。不过，我到家的那天父亲还是盘腿坐在褥子上，对我说：“大家都很担心，所以我也就只好这么忍着，这么待着。其实我已经用不着再躺在床上了。”话虽这么说，可第二天开始父亲就不顾母亲的劝阻，执意让母亲把铺盖收拾起来。母亲不情愿地叠上粗绸被子，嘴里说道：“你这一回来，你爸一下子就逞起强了。”我倒不觉得父亲是在逞强。

我哥哥远在九州供职，是个无法自由支配自己的人，没有极为特殊的事情，他很难见到父母。妹妹远嫁他乡，也不是打声招呼就能回来帮忙的人。三兄妹当中，只有我这个在读书的人最为方便。我听从了母亲的吩咐，扔下了学校的课业，没等放假就赶回到家，这让父亲感到十分满意。

“这么点儿病，就让你请假停课，真对不住啊。都怨你妈，不该写那封信。”

父亲嘴里这么说。不光这么说，他还让母亲把刚才一直铺着的被褥收拾起来，显得像往常一样精神饱满。

“还是要小心些，再生病就麻烦了。”

我提醒父亲。父亲听到后显得很高兴，但是并没有把我的话放在心里。

“没有关系。只要像以前那样小心注意就成。”

事实上父亲好像挺健康的。他在家里随便走动，既不气喘吁吁，也没感到眩晕，只是脸色比起一般人要差许多。不过，因为不是新近刚得的病，我们也就没有特别在意。

我给先生写了封信，感谢他借给我钱，并表示新年去东京时会把钱带去，让先生再等等。同时，我还在信里告诉先生一系列事情，譬如父亲的病情没有想象的那么凶险，从病情上看目前可以放心，他既没有发生眩晕，也没有觉得恶心，等等。最后，我又问先生的感冒好了没有。其实，对先生的感冒我并没有当作一回事儿。

我发出这封信时，根本就没有想到先生会回信。发出信后，我与父母聊着先生的事情，脑海里却想象着遥远的先生的书房。

“这回去东京的时候给先生带些香菇。”

“嗯。不过，我不知道先生吃不吃晒干的香菇。”

“虽说不那么好吃，但也没有人不喜欢吃吧。”

把香菇和先生放在一起，我觉得总有些怪怪的。

看到先生的来信时，我有些惊讶。特别是看到信里没有写什么特别的事情，我更为吃惊。我觉得先生的来信仅仅是为了表达他的好意。想到这里，这一封简单的书信使得我越发喜悦。当然，这无疑是我从先生那里接到的第一封信。

说到第一封，人们或许会觉得我和先生之间经常有书信往来。其实并非如此。对此，我想给诸位一个交代。先生生前，我只从先生那里接到过两封信。一封是刚才说到的简单的回信，另一封就是先生去世前特意写给我的很长的书信。

因为病情的关系，父亲必须节制运动，所以不再卧床以后，他还是几乎足不出户。只有一次，一个天气极平和的下午，他走出屋子来到院里，不过为了以防万一，我还是陪伴在了他的身边。我担心父亲的身体，便让他把手搭在我的肩上，可是父亲笑了笑，没有按我说的去做。

二十三

我经常陪无聊的父亲下日本象棋。我和父亲都是懒人，下棋时我们的手脚都放在被炉①的盖被里，棋盘摆在被炉上，每次移动棋子时才会把手从盖被里拿出来。我们经常弄丢自己手里赢来的棋子，直到下一盘棋开始才发现少了棋子。更有意思

① 日本的一种取暖工具。在类似桌子的框架上铺上盖被，下面是炭火。

的是，有时候棋子竟然是母亲从炭灰里找到的，最后还得用火筷子夹上来。

“要是围棋的话，棋盘太高，还有腿，没法在暖桌上下。日本象棋就好多了，这样下起来多方便。对我们这种懒人来说最合适。来，再下一盘。”

父亲赢棋的时候，肯定会说再下一盘。当然，他输棋的时候同样也会说再下一盘。总而言之，不管是输还是赢，父亲都愿意在暖桌边烤着火下棋。一开始我觉得很新鲜，这种退休老人式的娱乐也让我感到很有意思。但是过了些日子，这点刺激就满足不了精力充沛的年轻的我了。我经常把攥着“金”“香车”[①]的两手伸到头上，张大嘴打个哈欠。

我想起东京的事情，耳边就会响起心脏在热血沸腾、持续搏动的声响，不可思议的是，这搏动声就像是通过先生的力量从某种微妙的意识状态中放大出来的。

我在内心里将父亲和先生进行了比较。从世俗眼光来看，他们两个都是老实人，再再平常不过了。他们都没有任何能够为人认可的地方。尽管如此，喜爱下棋的父亲就是仅仅做个娱乐的伙伴，也很难让我感到满足。而先生虽然从来没有和我有

① 均为日本象棋的棋子。

过娱乐方面的交往，但是他不知不觉中给予我头脑的影响，要远远超出娱乐交际中形成的亲密关系。仅仅说头脑或许有些过于冰冷，我愿意把它改作“心”。对于当时的我而言，无论说先生的力量渗透到我的肉体，还是说先生的生命流淌在我的血液之中，都丝毫没有夸张。父亲是我真正的父亲，先生不用说与我毫无关系，是他人，我特意将这明白无误的事实放在眼前进行比较，才发现了这个伟大真理，让我惊讶不已。

就在我无所事事的时候，原本在父母眼里还有些新鲜劲儿的我渐渐变得索然无味了。我想，所有在暑假等假期回乡的人都有过这同样一种感觉。开始的头一个星期，你会被捧在高处，处处受宠，但是一旦按部就班地过了高峰之后，家里的人就会失去热情，最后往往你就会受到冷遇，变成可有可无的人。我也在探亲中过了这个高峰。还有，每次回乡我都会从东京带回些父母理解不了的怪东西。按照过去的讲法，就是把天主教的气味带进了儒者的家中。我所带回来的，总是与父母不相容。当然，我会遮掩它们。但是，本来就已经渗透了全身，怎么遮掩也会露出马脚，总会被父母发现。最终我感到很没意思，想早些返回东京。

幸运的是，父亲的病情一直维持现状，没有丝毫恶化的征兆。为了慎重起见，我又特意从远处请来医术非同寻常的医生，经过慎重的诊断也没有发现异常，还是和我所知道的一样。我决定寒假快要结束时离开家，我一说要走，父母都表示反对，人情这种东西真是怪。

“这就要回去了。不是还早吗?”母亲说。

“再住四五天也来得及。”父亲说。

我没有变更自己决定好的出发的日子。

二十四

回到东京，门前装饰的松枝[①]已经被撤掉。城市任凭凛冽的寒风吹动，环顾四处再也不见新年的气氛了。

我赶紧到先生家去还钱，顺便带去上面提到的香菇。我觉得只是把东西递给夫人有点儿怪，就特别说了句“我母亲让我带给您的”，然后把香菇放在夫人面前。香菇放在新的点心盒里。夫人郑重地表示了谢意后要到隔壁去，她提起那个盒子，也许是因为盒子之轻而感到惊讶，便问了句：“这是什么点心啊?”夫人这个人，一旦熟悉了，就会在这些地方显露出其不拘小节的孩子般的心性。

---

① 这里指日本新年摆在门前的松饰。

两个人都对父亲的病情表达了各种各样的担忧，其中先生说了这么一番话：

“听你说你父亲的病情，的的确确眼前像是没有什么大事。不过，毕竟是得的这种病，还是得小心。”

对于肾病，先生知道许多我不清楚的事情。

“这种病有个特点，那就是自己得了病，自己却并不在意，若无其事。我熟悉的一名士官，最终就是这样死去的。他的死真是难以置信，弄得睡在他旁边的老婆连照顾一下他的时间都没给。半夜里，把他老婆叫起来，就说了一句‘我有点儿难受’，第二天早晨就死去了。听说他老婆还以为他在睡觉呢。”

此前我一直很乐观，听到这番话突然不安起来。

“我父亲也会那样吗？是不是很难保证不会那样？”

“医生是怎么说的？”

“医生说很难治愈，不过，眼前倒不必担心。”

“那就好，既然医生这么说。我刚才讲的是不把病当回事儿的人。而且还是简单粗暴的军人嘛。”

我稍微放下心来。先生注意到我的变化，随后又补充道：

“但是，不管是健康还是生病，怎么说，人都是很脆弱的。很难说会在什么时候、因为什么事情、会怎么死去的。”

“先生也考虑过这种事情？”

“别看我很健康，也并非没有考虑过这种事情。”

先生的嘴角现出些许微笑。

“不是常有人一下子就死掉了吗？很自然地。也有的人不是瞬间就没了吗？被不自然的暴力。”

“不自然的暴力，指的是什么？”

“我也说不清楚是什么。自杀的人不都是使用不自然的暴力吗？是吧。”

“这么说，被杀死，也是因为不自然的暴力造成的了？”

“我倒没想到被杀的人，你这么一说，倒是确实如此。”

那一天，我就这样回去了。回去以后我也没有特别担忧父亲的病。先生所说的自然地死去、因不自然的暴力死去这些话，也只是在当时留下些肤浅的印象，后来在我的头脑中没有产生特别的影响。我想起来，自己该要真正开始写作毕业论文了，这之前自己虽然多次想写，但又多次收手，一直没有开始。

二十五

当年的六月我就该毕业了，按照规定我必须在四月完成这篇论文。二、三、四，我掰着手指头算了一下剩余的时间，有些怀疑自己的胆量了。其他的人很早以前就开始收集资料、整理笔记，每个人都显得十分忙碌。唯有我一个人什么都没有干，我有的只是新年后大干一场的决心。依靠这决心我开始了论文的写作，但是突然就干不下去了。在此之前，我凭空想出一个大问题，原以为论文的骨架基本上已经搭起，到此时却无计可施，烦恼起来。后来，我缩小了论文的论题，决定仅仅罗列出书中的材料，再稍加些与之相关的结论，以便省去系统归纳成熟的思想这层麻烦。

我选择的论题与先生的专业关系密切。我曾经就这一选题问过先生的意见，先生认为蛮好。颇为狼狈的我赶紧来到先生家，向先生请教自己该阅读的参考书。先生很痛快地把他所知的知识告诉给我，而且表示借给我几本必要的书籍。但是，先生并不打算具体指导我写作论文。

“最近我很少读书，不了解新的东西。你还是问问学校的老师吧。”

此时，我突然想起曾听夫人说过，有一段时间先生非常喜好读书，后来也不知为什么就不再像以前那样有兴趣了。顾不上再谈论文，我不由自主开口便问：

“先生为什么不再像以前那样对书有兴趣了呢？”

“也没有什么原因。……也就是说，大概是因为我觉得读多少书也不会变得了不起吧。另外……”

"另外，还有其他原因吗？"

"也谈不上什么其他的原因，以前我总觉得在人前如果被问到自己不知道的问题，会很丢人，不好意思。最近，我发现其实不知道也并不丢人。所以，也就没有劲头儿硬逼着自己读书了。简单地说，就是我已经老了。"

先生的话语显得十分平静，听不出远离世间的人的苦涩。也正因为如此，我对先生话中的深意不甚了了。离去的时候，我既没觉得先生已经老矣，也没有感叹先生真了不起。

后来的我，就像一个被论文附体的精神病患者一样，双眼赤红，饱受煎熬。我跟一年前毕业的朋友打听了许多情况。其中有一位告诉我，他是在论文提交截止日的那天坐车[①]到办公室提交的，好不容易才赶上。另外一位跟我讲，他提交论文时晚了十五分钟，险些不被受理，幸亏主任教授发善心才得到受理。听了这些，我既感到不安，同时心里也有了底。我每天坐在桌前，兢兢业业地工作，要不就是到昏暗的书库，在高高的书架间搜寻。我的目光扫过书脊上的金色文字，就像是猎奇人在淘换古董一般。

每逢梅花开放，寒风就会改变风向向南吹去。过了一阵，

---

① 此处的车应是人力车。

我的耳边又会偶尔听到人们谈起樱花。尽管如此，我仍然像驾车的马匹一样，被论文驱赶着朝前看。四月下旬来临，我终于写完了预定完成的东西。在此之前，我一次也没有跨进先生家的大门。

二十六

初夏季节，我终于获得了自由，此时八重樱花已谢，枝干上不知不觉冒出了一片绿叶。我内心就像逃出笼子的小鸟一样，纵览广阔天地，展翅自由飞翔。我马上去往先生家，一路上的景致吸引着我的视线，枸橘树墙的黑乎乎的枝干萌生出嫩芽，干枯的石榴树干上的茶褐色叶子在柔和的阳光照射下显得格外润泽。一切都是那样新鲜，就像有生以来第一次看到似的。

先生望着我高兴的神情，说："已经完成论文了？太好了。"我说："托您的福，总算完了。再没有什么可做的了。"

事实上，当时我心情分外开朗，觉得自己该做的都做完了，以后可以大张旗鼓地尽情玩了。对于自己完成的论文，我很自信，也很满意。在先生面前，我喋喋不休地讲起论文的内容。先生和往常一样，还是"原来如此""是吗"地回应着我。对我的论文他不做更多的评价。我不仅感到不太满足，甚至还有些大失所望。即便如此，那天我还是充满活力，试图对先生那颇显守旧的态度加以反击。我尝试将先生引导到蓬勃复苏的大自然之中。

“先生，我们去散散步吧。到外面走走，心情会很好的。”

“去哪儿呢？”

我去哪儿都行，只是想陪先生到郊外走走。

一小时后，我和先生如愿以偿地离开城市，在说不上是村落还是街镇的寂静的地方漫无目的地行走。我从石楠树墙上揪下一片柔软的嫩叶，贴在嘴上吹响。我有个朋友是鹿儿岛人，模仿他的样子我自然而然就学会了吹树叶，而且吹得很好。我得意洋洋地继续吹着，先生却不理不睬若无其事地走着。

不久，我们来到一幢位于高处的房屋前，房屋周围一片嫩叶，郁郁葱葱。下面有一条小路直通院内，门柱上挂着一块门牌，上写“某某园”，一看便知这并非个人住宅。先生看了看缓坡上的入口处，说：“咱们进去看看！”我马上应道：“这是种花的。”

沿着栽植的花木往上再走，左侧有间房屋。敞开的隔扇门内空荡荡的，看不到人影。只有金鱼在房檐下的大缸里游来游去。

“真够静的。不打招呼就进去，没事吧？”

“没事的吧。”

我们两个又继续往里面走。但是里面还是没有人影。火红的杜鹃争芳斗艳。先生指着其中一棵朱黄色的偏高的说：“这是雾岛[①]吧？”

芍药种了一片，大约有十坪[②]多，还没有到季节，都没有开花。先生呈大字躺在这片芍药地旁的旧长凳上。我坐在长凳边上抽起烟来。先生望着湛蓝的天空。周围嫩叶的颜色让我沉醉。这嫩叶的色彩，仔细一看，你会发现每片叶子都各有不同。即使同是枫树，枝头嫩叶的色彩也没有一片是相同的。先生的帽子刚才被扔到细杉树苗的顶端，挂在了那里，一阵风将其吹落下来。

二十七

我赶紧捡起帽子，用手指甲弹掉上面沾的红土，同时向先生招呼道：

“先生，帽子掉了。”

“谢谢。”

---

① 朱砂杜鹃花。

② 面积单位。1 坪大约为 3.306 平方米。

先生撑起身子把帽子接了过去，随即便以这样似起似卧的姿势问了我一个奇怪的问题：

“这么问有些唐突，你家里财产很多吗？”

“也谈不上多。”

“那有多少呢？这么问有点儿失礼。”

“多少？也就有些山地和田地。几乎没有什么钱。”

先生正儿八经问起我们家的经济状况，这还是第一次。我还从来没有问过先生家里的生活境况。与先生刚相识时我曾疑问先生为什么不工作还能生活得很好。后来，这疑问一直挥之不去，萦绕在心中。但是，我觉得向先生直接提出这种露骨的问题很不礼貌，就一直没有说出口。嫩叶的色彩让我疲劳的眼睛得以休息，我的心偶然又触及这个疑问。

“先生怎么样呢？您有多少财产？”

“我看上去像有钱人吗？”

先生平时穿着格外朴素，而且家里人口很少，所以住的房子也并没有多么大。不过，先生家的生活在物质上还是十分富足的，这一点就连我这个没有深入其生活内部的人也能看得出来。总而言之，先生的生活虽然说不上奢侈，但也绝对不是那种抠抠搜搜、紧紧巴巴、缺乏弹性的。

“还是像的。”我说。

“钱倒是有一点儿，但绝不是有钱人。有钱人肯定要造个大房子的嘛。”

先生坐起身来，盘腿坐在长凳上。说完这番话，先生用竹拐棍在地上画了个圆。画完后，又把拐杖直立起来。

“别看我这个人，以前正经也是个有钱人。”

先生似乎在自言自语，并不是完全在对我说。所以，我没有立刻接上话，最终便沉默不语了。

“别看我这个人，以前正经是个有钱人。你知道吗？”先生变换了一种方法说。接着，先生看着我的脸微笑。即使如此，我也不知该怎么应答，所以干脆就不做回答。于是，先生又换了个话题。

“你父亲的病后来怎么样了？”

关于父亲的病，新年以后我便一无所知。每个月家里都会汇来钱，同时附上一封简短的书信，信和往常一样都是父亲的笔迹。但是几乎看不到与病有关的内容，而且字写得十分端正，也看不出那种常见的由于病人颤抖造成的笔迹混乱。

“他们没有说过什么。已经好了吧。”

“好了就行。……不过，到底得的是这种病啊。”

“这还是不成吗？不过，目前还算稳定。家里也没有说什么。”

“是吗？”

我原以为先生问我家里的财产、打听父亲的病情，只不过是平常的聊天，也就是那种把心里想到的随口说出来的平常聊天而已，所以也没有当一回事。可是先生的话里却含有重大意味，这两者是联系在一起的。我没有先生的那种经历，当然也就不可能发现这一点。

二十八

“你家里要是有财产的话，我觉得应该赶快处置好。趁着你父亲还健在，该是你的东西，你最好就要过来。我这有点儿多管闲事，不过，一旦发生万一，最麻烦的事情就是财产问题。”

“嗯。”

对先生的这番话，我并没有特别在意。我相信，在我家里不光是我，就连我父亲、我母亲，没有一个人会担心这个问题。另外，让我有些惊讶的是，先生所说的，甚至先生本人，都有些过于实际。不过，出于平时对长者的尊敬，我没有表示出这一点。

“现在讲你父亲身后的事情，我这么说如果让你不舒服了，请你原谅啊。不过，人总是要死的。多么健康的人，都说不准什么时候会死的。”

“我不会在意这种事情的。”我辩解道。

“你们兄妹是几个来的?”先生问道。

先生又问了问我家里的情况，有几口人，有没有其他亲戚，以及叔叔婶婶的情况。然后，他这样说道：

“他们都是好人吗?”

“倒也不是坏人。他们大都是乡下人。”

“乡下人为什么就不能是坏人呢?”

我不知怎么回答先生的追问，但是先生没有给我从容回答的时间，他又接着说道：

“乡下人比起城里人，反而要更坏。你刚才说，你的亲戚里面好像没有特别坏的人。但是，这种所谓坏的人，你觉得世上有吗?那种一个模子铸成的恶人，这个世界就不可能有。平时大家都是好人，至少都是普通人。但是一旦到了关键时刻，他们就会突然变成恶人，所以才可怕。所以，不能放松警惕。”

先生说到这里，似乎还没有要停止的意思。我打算说些什么，就在此刻，身后突然传来狗的狂吠声。我和先生都大吃一惊，连忙回过头去。

长凳旁边到后面，种着一片杉树苗，杉树苗边是茂密的大叶竹，大叶竹大约有三坪左右，下面的土地被遮挡得严严实实。

一条狗从大叶竹中露出脸和脊背，高声狂吠。这时，一个十岁左右的孩子跑了过来喝住狗。小孩戴着顶有徽章的帽子，他绕到先生前面鞠了躬。

“叔叔，你进来的时候，家里谁都不在吗？”孩子问道。

“一个人也没有。”

“可我姐姐，还有我妈都在厨房啊。”

“是吗，原来有人啊。”

“叔叔，你要是打个招呼，说句‘你好’，这样进来就好了。”

先生苦笑着，从怀中拿出钱包，把一个五分硬币塞在孩子手里。

“跟你妈说说，就说我们要在这里休息休息。”

小孩点点头，聪慧的眼里满含笑意。

“我在当侦察兵指挥官呢。”

小孩子跟我们说完，就顺着杜鹃花丛向下跑去。狗也高高翘着尾巴，随着小孩跑走了。过了一会儿，两三个年龄相仿的孩子也向侦察兵指挥官下去的方向一溜烟跑掉了。

二十九

与先生的交谈被这条狗和小孩子打断了，没有进行下去，所以最终我还是不得要领。先生对财产表示的那种担心，对于当时的我来讲是根本不存在的。以我的性格来讲，从我的境遇来看，当时我还没有机会为这种利害苦恼。思考起来，这既是因为我还没有接触社会，也是因为我还没有身临其境。总而言之，对于年轻的我，不知为什么金钱的问题还显得十分遥远。

先生讲的话中，只有一点我想刨根问底，那就是人一旦到了关键时刻谁都会成为恶人这句话的意义。单单作为一句话，我也不是不明白。不过，对于这句话我还是想弄得更明白些。

狗和小孩跑走后，开阔的嫩叶之园又恢复了刚才的平静。我们一动不动地过了一会儿，就像被闭锁在沉默之中的人一样。此时，天空的美丽色彩渐渐失去光泽。眼前的树大都是枫树，树枝上萌生的翠绿欲滴的嫩叶，让人觉得好像也在渐渐暗淡下去。远处大路上，传来拉板车的隆隆声响。在我的想象中，这似乎是村里的男人载着花木什么的去赶庙会。听到这声音，先生连忙站起身来，就像从冥想中复苏过来似的。

“我们回去吧。待的时间好像够久的了。悠悠闲闲之中，不知不觉天就黑了。”

先生的背上满是刚才仰面躺在长凳上留下的痕迹。我用双手把它们掸落。

“谢谢。是不是沾上树脂了？”

“都弄掉了。”

“这衣服是最近刚做好的，所以要是弄得脏乎乎的，要挨妻子说的。谢谢。”

我们两个来到缓坡中间的房屋前，刚才进来时不见人影的沿廊上，一位中年妇女正在和一个十五六岁的女孩往绕线板上缠线。在大金鱼缸旁，我们两人打了个招呼：“打扰您了。”中年妇女客气地回答“您别客气”，然后又对刚才给小孩子硬币表示了感谢。

离开大门口走了两三町时，我终于憋不住了，便问先生：

“刚才先生说的，人一旦到了关键时刻就会变成恶人，那是什么意思啊？”

“要说意思，也没有什么深刻的意思。……也就是说，我说的是事实，不是道理。”

“事实不事实的，倒没有什么关系。我想问的是，这一旦到了关键时刻，究竟指的是什么呢？”

先生笑了起来，看那样子就像是如今时机已过不想再认真解释似的。

“就是钱啊，一旦看到金钱，无论什么样的君子，马上就都会变成恶人。”

我觉得先生的回答太平常了，毫无新意。先生无意继续作答，这让我也有些失望。我不再问了，快步走了起来，一下子就把先生甩到了后面。先生在我身后喊道：“喂，喂。”

“你看看。”

“看什么？”

“你的心情不是也一样嘛，我的一句答话就让你心情马上起了变化。”

我转过身子，停下脚步在等先生，先生望着我的脸这样说道。

三十

当时，我心里很怨先生。我们并肩走在一起后，我也故意不再问自己想问的问题。但是，也不知是不是发现了我的这一态度，先生摆出一副毫不在意的样子。先生像往常一样，默默不语，步调沉稳，这让我有些生气。我想说点什么气气先生。

“先生。”

“什么事情？”

“先生刚才有点儿激动了吧。就是在花木园的院子里休息的时候，我很少见到先生那么激动。我今天拜见了先生鲜有的一面。”

先生没有马上回答我。我觉得自己的话对先生产生了作用，但又感到并没有切中先生的要害。没有办法，我决定不再说下去。就在这时，先生突然走到路旁，撩起下摆，就在修剪得很漂亮的矮树墙下开始小便。先生小解时，我呆呆地立在一旁。

“抱歉，抱歉。”

先生说完又迈步走了起来。最终我还是放弃了刺激先生的念头。我们走过的道路渐渐热闹起来，道路两旁聚集了许多房屋，刚才还能星星点点看到的开阔的坡田、平地全不见了。不过，在住宅地的边边角角，还是能够看到宁静的景象，竹子上爬满豌豆的藤蔓，铁丝网内喂养着鸡。从市里归来的驮马接二连三地从我们身边走过。这一切吸引着我，让我把刚才心里的问题抛到了一边。当先生重提这个问题时，事实上我已经不记得了。

“我刚才显得那么激动吗？”

“也谈不上多么，就是有点儿……”

“不，就算显得很激动也没有关系。我本来就激动了嘛。一提到财产，我肯定会激动的。不知你怎么看我，反正我这个人非常爱记仇。我要是受到别人的侮辱，遭受到损害，就是过了十年、二十年，我也绝不会忘记。”

先生的话语比刚才更加激动。不过，让我惊讶的绝不是先生的语调，而是我亲耳听到的先生的话语的意义。可以肯定，我怎么也想不到会从先生的嘴里听到这样的自白。以前，我从不敢想象先生的性格竟然是如此执拗。我还以为先生是个更为软弱的人。而且，我亲近先生，也正是因为他的软弱孤高。刚才逞一时之强还要刺穿先生的盾，而此时此刻听到先生的这番话语，我显得十分卑微。先生对我这样说道：

“我受过别人的欺骗。而且是受的有血缘关系的亲戚的欺骗。我绝不会忘记这些。在我父亲面前，他们好像都是善人，但是父亲刚刚死去，他们就变成不能容忍的背弃道义的人。从幼年到今天，我一直承受着他们所给予的屈辱和伤害。恐怕到死都要一直承受下去。因为到死我也不会忘记这一切。但是，至今我也没有报复他们。琢磨起来，我现在所做的是一种远胜于报复个人的报复。因为我不光憎恨他们，我还普遍憎恨他们所代表的人，我觉得这就够了。”

我找不出话来安慰先生。

三十一

当天的交谈到此就难以进展了，先生的态度使我退缩，无意再继续这一话题。

在市边我们两个上了电车，在车里几乎谁都没有开口说话。

下了电车不久，我们就要分别了。分别时，先生又发生了变化。先生用比平常要开朗的语调说道：“现在到六月，这段时间你最为轻松快乐，说不定这还是你一生当中最轻松快乐的一段呢。拼命玩吧。”我笑着摘下帽子。此时，我看了看先生的脸，心里有些怀疑，难道先生真的会在心里憎恨普通的人吗？那眼、那嘴，都看不到一点儿厌世的影子。

坦白地说，我在思想上从先生那里获益匪浅。不过纵然如此，不得不讲，也有些问题往往让我无法接受。有时候，与先生的交谈会不得要领，那天我们两人之间的那番郊外谈话，就是这不得要领的一例，它一直留在我的心里。

口无遮拦的我，有一次终于向先生讲明了这一点。先生笑了。我是这样说的：

“脑袋笨，不得要领，倒是没有关系，问题是明明了解却不说清楚，这就麻烦了。”

“我可是对你什么也没有隐瞒啊。”

“您隐瞒了。”

“你是不是把我的思想、意见什么的和我的过去混为一谈了。我虽然是个蹩脚的思想家，但是却从来不会把自己头脑整理出来的想法，隐藏起来不去示人。因为没有隐瞒的必要嘛。不过，要是说我的过去全都得说给你听，那又是另外的问题了。”

“我不认为是另外的问题。先生的思想产生于先生的过去，所以我才重视您的过去。如果把这两者分割开来，我觉得那就几乎没有什么价值了。仅仅给我一个没有注入灵魂的偶人，我是很难满意的。”

先生看着我的脸，现出惊讶的神情，拿着香烟的手在颤抖。

“你胆子真大。”

“我只是认真而已。我希望能够认真地从人生中得到教训。”

“即使暴露我的过去也在所不惜吗？”

“暴露”这个词带着令人恐惧的声响冲击我的耳鼓。我觉得坐在我面前的似乎不再是我平时尊敬的先生，而是一个罪人。先生的脸色苍白。

“你是认真的吗？”先生叮问了一句，“由于过去的因果，我怀疑所有的人，所以实际上也同样怀疑你。不过，我实在不愿意怀疑你。你太单纯了，不该受到怀疑。在我死之前，我想相信他人，哪怕只有一个，然后再死去。你能够成为这唯一的一个吗？能成吗？你从心底里是认真的吗？”

“如果我的生命是认真的，那么我所说的也就是认真的。”

我的声音颤抖着。

“好，”先生说道，“那我就说。把我的过去毫无保留地告诉给你。不过……不，没有关系。可是，我的过去对你来讲也许并没有多大益处。也许你不听为好。另外……现在还不能对你说，你得有这种准备。因为不到时机不能讲。”

回到宿舍后，我仍然感到一种沉重的压迫感。

三十二

我的论文并没有像自己评价的那样，在教授看来并不怎么好。不过，我还是获得了通过，如期毕业。毕业仪式的那天，我从行李中取出有些发霉味道的冬装，穿在身上。当我们排列在毕业仪式会场时，每个人脸上都是汗淋淋的。我整个身体都被密封在不通风的厚呢子中间，痛苦不堪。没站多久，我手里的手绢就湿乎乎的了。

仪式结束后，我马上返回宿舍脱光衣服，打开宿舍二楼的窗户，把毕业证书卷成望远镜的样子，透过纸卷的圆孔环视可以看到的外面的世界，然后便把毕业证书扔在了桌子上。随即，我便呈大字躺在房间的正中间。躺在那里，我回顾自己的过去，想象自己的未来。于是，毕业证书就成为划分两者的一道分界线，在我看来它只是一张奇怪的纸，似有意义又仿佛无意义。

当晚，先生请我去他家吃饭。这之前我们已经说好，毕业那天晚上不去外面吃饭，一定在先生家吃饭。

按照约定，餐桌摆在了客厅沿廊近旁，浆洗过的桌布在电灯光的映照下，显现出漂亮的纹路，十分清爽。在先生家吃饭时，筷子、饭碗都要摆放在西餐厅那种白色亚麻桌布上，而且桌布必须要是刚洗过的，雪白雪白的。

“这就和领子、袖口一样嘛。要是使用脏的，还不如一开始就用染过色的。只要是白的，就必须是洁白的。”

先生这么一说，我觉得先生确实是有洁癖。他的书房什么的总是收拾得井然有序。我这个不讲究的人经常会格外注意到先生的这一特点。

我曾经对夫人说过“先生有洁癖”，夫人当时回答：“不过，他并不在意自己的穿着。”坐在旁边的先生听到此话，笑笑说：“说实在的，我是精神上的洁癖。所以我一直感到痛苦。琢磨起来，我这种性格真是太傻了。”我不知道先生所说的精神上的洁癖，究竟是平常大家说的那种精神病呢，还是伦理意义上的洁癖？夫人好像也不太明白。

那天晚上，我和先生面对面坐在白色的桌布前。夫人独自坐在正对院子的位子上，左右是我们两人。

“祝贺你。”先生为我举起杯子。面对酒杯，我并不感到多么高兴。当然，我的内心没有为这句话感动，没有分外的喜悦，是有原因的。不过，先生的祝贺也没有那种试图让我高兴起来的兴奋。先生笑着举起酒杯。我在这笑容中一点儿也看不出故意为难的讽刺，同时也体会不到一点儿祝贺的真情。先生的笑容在向我表示这是社会上的道例，这种情况大家都会表示祝贺。

夫人对我说："太好了。你父母亲肯定很高兴的。"我突然想到生病的父亲，真想早些把毕业证带给他看看。

"先生的毕业证，放在哪儿呢？"我问道。

"在哪儿呢？……还放在家里的哪个地方吧？"先生向夫人问道。

"嗯。放心，应该保存得挺好的。"

他们两个人都不清楚毕业证在哪里。

三十三

吃饭的时候，夫人让坐在一旁的女佣退了下去，亲自为我们盛饭。这好像是先生家接待非正式客人时的规矩。开始的一两回，我感到有些别扭，随着次数增加，我也就不再在乎把碗递给夫人了。

"喝茶？吃饭？你可真能吃啊。"

夫人有时说起话来也很不客气。不过，那天毕竟还是夏季，所以我并不像夫人寻我开心说的那样很有食欲。

“这就吃完了？你最近变得饭量小多了。”

“不是饭量变小了，而是因为天热吃不下。”

夫人叫来女佣，等她收拾好桌子，又让她端来冰激凌和水果。

“这是我自己做的。”

看来，不用做什么事情的夫人，还是有时间自制冰激凌来招待客人。我又请夫人加了两杯。

“你马上就要毕业了，今后准备做什么？”先生问。先生朝沿廊方向移了半个身子，在门槛前把身子靠在隔扇门上。

我只是有点儿毕业的感觉，还没有想好今后做什么。见到我犹犹豫豫没有作答，夫人问道：“当老师？”我也没有作答，夫人又问：“那是当官？”我和先生都笑了。

“说真的，我还没有想过要做什么。实际上，对于今后的职业我根本没有想过。本来嘛，哪种工作好，哪种工作不好，只有自己干干看，才能知道的。所以我觉得很难选择。”

“那倒是。不过，你有财产，所以才会这么不慌不忙。要是生活困难，你看看，就不会像你这样不着急不着慌了。”

我的朋友里，有人还没有毕业就找到了中学教师的工作。在心里，我承认夫人说的是事实，但是嘴上却说：“我这都是受先生的影响。”

“你也不学学我好的。”先生苦笑道。

“学学也没关系。不过，我以前说过，你得趁着你父亲在世，先把大部分财产分到手。要是没到手，可不能放松警惕。”

我想起那个杜鹃盛开的五月初，在郊外花木园开阔的院子深处我和先生的交谈。我的耳畔又传来了那天归途中先生语气激动地对我说的那番激烈话语。那话语不仅激烈，甚至可以说骇人。不过，对于我这个不了解内情的人来讲，这番话也是不得要领的。

“夫人，您家里财产特别多吧？”

“为什么要问这个呢？”

“我问过先生，可他不告诉我。”

夫人笑着，看了看先生的脸。

“那大概是因为不值得告诉你吧。”

“不过，要有多少钱才能过上先生这样的生活，您告诉我，我做个参考，回家好和父亲谈判。”

先生面朝院子，事不关己地抽着烟。答话者自然就得是夫人了。

“也谈不上有多少。也就是能够凑合着过日子。……不用管这些了，你今后可得做些什么，要不然可不行。可不能像先生那样游手好闲……”

“我可没有游手好闲啊。”

先生微微转过头来，否定了夫人的说法。

三十四

那天晚上十点多，我离开了先生的家。因为两三天内就要回乡了，临行前我向先生他们说了句简单的告别话：

“估计有一段时间见不到你们了。”

“你九月份还是要回来吧？”

我已经毕业了，所以也用不着九月份再回来。而且我也没有打算到东京来度过盛暑的八月。我不需要寻找职业，时间对我来说没有那么宝贵。

“差不多，得九月份吧。”

“那你够快乐的。我们这个夏天说不定也要出去转转。天气太热了。要是出去的话，再给你去明信片。”

“您准备到哪儿呢？假如您出门的话。”

先生笑嘻嘻地听着我们的对话。

“还没有决定去不去呢。”

就在我离席要走的时候，先生突然抓住我，问：“还有，你父亲的病情怎么样了？”我对父亲的身体状况几乎是一无所知。既然家里没有来信说什么，我想病情一定稳定。

“这种病可不能掉以轻心，一旦出现尿毒症，就没办法了。”

我既没有听过尿毒症这个词汇，也不了解这个词汇的意思。上次寒假我在家乡见到医生的时候，根本就没听说过这一术语。

“真的要好好照料你父亲啊，”夫人也这么说，“毒要是入了脑，那可就晚了。可不能不当回事儿。”

毫无经验的我尽管感到恐惧，但脸上还是笑嘻嘻的。

“反正听说这病也治不好了，就是怎么担心也没有用的。”

“你这么想得开，那也就没话可说了。”

夫人也许是想起了自己因同样的病死去的母亲，语气阴郁地说完，就低下头不作声了。我也很为自己父亲的命运感到悲伤。

这时，先生突然转向夫人。

“静，你会比我先死吗？”

“为什么？”

“不为什么。我只是想问问。或许我会走到你前头。这个世界上，一般都是老公在先，老婆留在后面，这是最正常不过的。”

“谁这么规定的。不过，男的怎么说也是岁数要大，是吧。”

“所以从道理上说就该早死？这么说来，我也要比你先去那个世界啦。”

“你特殊。”

“是吗？”

“可不是嘛，你身体结实啊。几乎就没有得过什么病。怎么说，也是我在先。”

“你先走？”

“嗯，肯定在先。”

先生看看我，我笑了。

“不过，假如说我要是先走了，到时候你怎么办？”

“什么怎么办？……”

说到这儿，夫人支支吾吾说不下去了，好像是想象先生死去造成的悲哀，让夫人有些心痛。不过，当夫人再抬起头时，她的心情变了。

“你问我怎么办？那没办法啊，谁叫老少不定，人生无常呢。”

夫人故意看了我一眼，开玩笑似的说道。

三十五

我刚要站起身，连忙又坐了下来，陪着他们俩继续聊下去，一直到这个话题结束。

“你怎么认为？”先生问我。

先生先死，还是夫人早亡，这问题本就不该由我来判断。我只是在笑。

“人的寿命难说啊。我也说不清楚。”

“这真的就是寿命嘛。出生的时候，人活多少年都是有定数的，没办法改变。先生的父亲、母亲就是差不多同时没的，你知道吗？”

“是去世的时间吗？”

“怎么可能同一天走呢。不过，也差不多。本来嘛，是相继离世的。”

这种知识对我来说倒很新鲜，我感到不可思议。

“为什么会一块儿去世呢？”

夫人想回答我，但先生拦住了她。

“不说这个话题了，没有意思。”

先生故意把手里的扇子弄得很大声，然后又回过头看着夫人，说：

“静，我死了以后，就把这房子给你。”

夫人笑了起来。

“顺便也把这地给了我。”

“土地是别人的，没有办法给你。不过，我所有的东西都给你。”

“谢谢。不过，你那些外国字的书，我要了也没用。”

“可以卖到旧书店嘛。”

“卖了能值几个钱？”

先生没有说能卖多少钱。但是先生的话总不离自己的死这一遥远的问题。而且，他还要假设自己死在夫人的前面。一开始夫人看上去是故意不当回事儿地应答着先生，但不知不觉中，这个话题弄得这个容易伤感的女人心情颇为沉重。

“‘我死了的话’，‘我死了的话’，你都说多少遍了。求求你，别再说‘我死了的话’了，太不吉利。你要是死了，我什么都随你的意，按你说的做，这还不行吗？”

先生朝着院子笑了，自此不再说让夫人讨厌的话。我也因为待的时间太久，便马上站起身来。先生和夫人把我送到玄关处。

“好好照料病人。”夫人说。

“九月再见。”先生说。

我对先生他们施礼后，迈步走出格子门。

玄关和大门之间有一株茂盛的桂花，在黑夜之中伸展着枝叶，似乎要堵住我的去路。我迈出两三步，望着被黑乎乎的树叶遮盖的树梢，想象着即将来临的秋天的花朵与花香。从过去到现在，我心里一直是把先生的住宅和这株桂花放在一起记忆的，两者不可分离。站在树前，我的思绪飞向了秋天我再次踏进先生家门时的情景，就在此时，刚才从格子门射出的玄关的电灯光突然熄了。先生夫妇好像走进了屋子里。我独自一人向黑暗的外面走去。

我没有马上返回宿舍，而是一直走向热闹的市镇，一是回家之前我要买些东西，另外我也需要让装满美食的胃放松一下。市镇才刚刚入夜，在成群结队四处涌动的闲在的男男女女中，我遇见了今天和我一起毕业的某人。他硬把我拉进一个酒吧间。在那里，我听到他高昂的气焰，就像是啤酒杯中升腾的气泡。等我回到宿舍，已经十二点多了。

三十六

第二天，我仍然冒着酷暑四处奔波，购买答应帮人买的东西。在信里应承下的时候，觉得这是小事一桩，但是一旦去买，便觉得十分麻烦。我在电车里擦着汗，心里特别憎恶那些乡下人，他们根本不在乎别人的时间，也缺乏不给别人添麻烦的观念。

我不想无所事事地度过这个夏天，所以预先制定了回乡后的日程安排，为了能够按照这一日程安排行事，我必须买一些所需的书籍。我准备到丸善书店[①]，在它的二层上花费半天时间。我站在与自己关系密切的分类书架前，一本书又一本书仔仔细细地寻找。

购物中最让我头疼的，就是女人用的和服假领。你跟店员一说，人家就会拿出许多种来，但是到了真要买的时候，我又拿不定主意，不知该买哪种。而且，价钱很难以捉摸，你觉得挺便宜，结果一问却非常贵；你觉得很贵没敢问，反而倒便宜得很。有的东西你比较来比较去，就是弄不清楚价格的差异来自什么地方。我简直是束手无策了，心里很后悔为什么不麻烦先生的夫人帮一下忙。

我买了手提包，当然不过是那种日本制的下等品。不过，上面的金属配件也是闪闪发光的，足以唬一唬乡下人。手提包是我母亲要求买的。母亲特意在信里写道，毕业后要买个新包，回家的时候把所有的礼物都装在里面。我读到这些文字的时候，不禁笑了起来。我并不是不理解母亲的想法，而是觉得这些话很是滑稽。

正如向先生夫妇告辞时说的那样，我第三天就坐上火车离开东京回到了家乡。自冬天以来，对于父亲的病先生提醒过我

---

① 日本明治二年创立的主要销售进口图书的书店。

多次，我本该最为担心的，但是不知为什么，我却并不特别担心。我反倒十分担心父亲不在后的母亲。之所以会有这种想法，肯定是因为在我心里多多少少已做好了准备，认定父亲已经无可挽救。在给九州的哥哥的信中，我也说过父亲看来已不可能恢复到原来的健康状态。有一次，我甚至还这样写道：也许你的工作不允许，不过要是可能，你最好能抽出时间在这个夏天回来看看他。另外，我还使用了这样感伤的语句：两位老人孤零零地住在乡下，他们心里肯定很不踏实，我们做儿女的对此颇感遗憾。实际上，我写的都是自己心里想的。但是，写信后的心情和写信时的心情很为不同。

在火车上，我思考这种矛盾，想着想着，觉得自己就是个善变的轻浮之人。我很不愉快，脑海中又浮现出先生夫妇，特别是又记起两三天前请我吃晚饭时的对话。

“谁先死呢？”

我在嘴里反复咀嚼那天晚上先生和夫人之间的对话。不过，要是清清楚楚地知道了哪个人先死，先生会怎么样呢？夫人又会怎么样呢？我想无论是先生还是夫人，他们都只能以目前的态度处之吧（就像我一样，虽然父亲在家乡渐渐逼近死亡，对此我却无能为力）。我认为人是虚幻的，人与生俱来的无可奈何的轻浮同样也是虚幻的。

中　双亲和我

一

回到家，父亲还很精神，和上次见面的时候没有大的变化，令人出乎意料。

“你回来了。是啊，毕业了蛮好。你稍等，我去洗把脸。”

父亲正在院子里做事。他头戴旧草帽，草帽后面飘动着一条用来遮阳的手巾，手巾不太干净。父亲绕到院子后面，那里有口井。

我觉得从学校毕业是普通人很自然的一件事，却没有想到父亲会为之格外高兴，这让我很为惶恐。

“毕业了，蛮好。”父亲反复讲着这句话。我在心里将父亲的喜悦和毕业仪式那天晚上在先生家吃饭时先生说“祝贺你”的神情进行了比较。在我看来，先生嘴上虽然表示祝贺心里却暗含鄙视。不过，这与将不值一提的东西视为至宝、满心欢喜的父亲相比，反而要显得高尚。最后，我开始对父亲那种愚昧造成的土气感到不悦。

“大学毕业也算不得什么。每年毕业的就有几百人呢。”

我终于冒出这样一句，结果弄得父亲脸色大变。

“我并不是说毕了业就很好。当然，毕业肯定很好。我说的是还有更深的意义。只要你能明白这一点就……”

我很想听听父亲后面要说什么，但是父亲好像不打算说了。最后，他说了这么一段话：

“就是说，对我来说是件很好的事情。你也知道，我得的是这种病。去年冬天见到你时，我觉得自己说不定顶多也就活个三四个月了。结果，到现在还能够保持这个样子，这是多大的幸事啊。我现在还能够起卧自由，完全自理。而且你又毕业了。所以，我真是高兴啊。在自己身体好的时候，自己精心培养的儿子能够大学毕业，这比起自己死后才毕业，作为父亲是多高兴啊。你是个有远大抱负的人，照你看，这也就是个大学毕业，让人家‘蛮好蛮好’地说个没完，恐怕是挺没有意思的。可是，要照我看，那角度就不一样了。也就是说，这毕业很好不是针对你说的，而是对我讲的。明白吗？”

我感到十分惶恐，低着头，一句话也没有说，找不出合适的道歉的话。看样子，父亲对待自己的死态度十分冷静，他已经认定我毕业前必死无疑。我多么愚蠢，竟然没有想到我的毕业对于父亲内心会有那么大的影响。我从手提包里取出毕业证书，郑重其事地交给父母亲。证书被挤压得没有了原来的形状。父亲小心翼翼地将其舒展开来。

“这种东西应该卷起来拿在手里的。”

“中间要是放个轴就好了。”母亲也在旁边提醒我。

父亲看了好一会儿，然后站起身来到壁龛处，把证书摆在一眼就能看到的正面。要是平时，我马上就会说些什么。但是此时，我和平常完全不同，一点儿也不想逆着父母。我默不作声，随父亲去做。证书使用的是仿羊皮纸，一旦有了皱褶，父亲很难把它舒展得平整，刚刚摆放在适当位置上，它马上就会顺其自然倒了下去。

二

我把母亲叫到角落，询问了一下父亲的病情。

“我爸这么走到院子里，还做事情，看上去蛮有精神的，不过这行吗？”

“他好像什么事情也没有。大概好多了。”

母亲显得毫不在意。生活在远离城市的森林、田地中的女人都是这个样子，母亲对于这种事情根本就没有任何知识。可是，上次父亲晕倒时，母亲却是那么惊讶，那么担心，这让我心里产生一种异样的感觉。

“不过，医生当时不是宣布了吗，这病治不好。”

“所以，我觉得再也没有比人的身体不可思议的了。医生说的那么重，可到现在还是硬朗得很嘛。我一开始也是担心，觉得尽可能不要让他动。可是，他就那脾气。休息倒是休息，就是倔，不听话。自己觉得对，就根本不会听我说。”

我想起了上次回家时父亲的样子和态度，他硬是让人收拾起被褥，还刮了胡子。“我已经好了。你妈太夸张了，没有多大的事情。”想起当时父亲的话语，我觉得真是无法埋怨母亲。“不过，你在旁边多少也要提醒一下嘛。”我本想这么说，但还是收住口，什么也没有说。我只是对母亲把我所了解的父亲病的性质讲了一下。不过，大部分的内容都是从先生和先生的夫人那里听来的。母亲看上去也没有特别的感受，只是问道：“是吗？也是得的同样的病啊。够惨的。多大岁数去世的，她？”

没有办法，我就不再理会母亲，直接对父亲说。父亲对我的提醒倒是比母亲听得认真。“有道理。是你说的那么回事儿。不过，身体毕竟是自己的，对于自己的身体，我根据多年的经验有一套自己体悟来的养生方法。”听父亲这么讲，母亲苦笑着说：“你看看。”

“不过，我爸自己也是在意的。这次能看到我毕业回来，非常高兴就是因为这个。他自己就说嘛，本来以为活着看不到我毕业，结果身体健康时，我就带来了证书，所以才觉得高兴的。”

“你要知道，我嘴上是这么说，可心里面还是觉得自己没有事情嘛。”

“不好说啊。”

“我觉得自己还能够再活个十年、二十年，当然有时我也说过心里没底的话。看这样子，我也活不了多久了。我要是死了的话，你怎么办？准备一个人在家吗？”

我突然想象父亲不在后留下母亲一个人时的古旧宽敞的乡间房子。父亲一个人离去后，这个家还会一直维持下去吗？哥哥会怎么样？母亲又会怎么说？想到这些，我怎么能离开这里，在东京舒舒服服地过日子呢？看着眼前的母亲，我偶然想起先生的提醒：“趁你父亲健在，把能给你的都要拿到手。”

“没事的。那些嘴上总是死啊死啊的人就从来没有死过。所以你放心。你总是说死啊死啊的，还不知道以后能够活多少年呢。那些不说这种话、身体健康的人，我看倒是有点儿悬。”

三

父母在商量为我煮红米饭[①]招待客人。我从回家当天起就

---

① 这里指红小豆糯米饭，用于喜庆的时候。

觉得会发生这种事，心里暗暗害怕着。我马上就拒绝了。

“这种夸张的事情就别干了。”

我讨厌乡下的客人。他们尽是些想要找点儿事儿的人，最终的目的就是来吃吃喝喝。从小的时候，我就不情愿去侍候他们吃饭。更何况他们是为自己而来了，可以想象我该多么痛苦。但是，“不要把这些粗俗人弄来大吵大闹”，在父母面前我又说不出这种话，所以，我只能一个劲儿地强调这么办太夸张。

“你一个劲儿说夸张夸张，其实一点儿也不夸张。一辈子就这么一次嘛。请请客很正常嘛。用不着客气。”

看来，母亲把我大学毕业看得很重，就如同娶进媳妇来一样。

“不请客也行，可不请客人家又该说三道四了。”

父亲这样说。父亲在意的是周围人的议论。事实上，这种情形，如果随不了周围的人的意，他们马上就会说三道四的。

“乡下和东京不一样，很麻烦的。”

父亲还这么说。

“而且还有你爸的面子呢。”

我也不好再坚持自己的意见，心想随他们二人吧，爱怎么样就怎么样。

“我的意思很简单，如果是为了我，就别请客。如果你们担心人家背后说闲话，那另当别论。对你们没有利的事情，我不会硬坚持。”

“你用不着讲这套大道理。”父亲面露苦色。

“你爸也不是说不是为了你，可你也是知道的，还是要顾及人情世故的。”

一到这种时候，母亲就像一般女人一样，说起话来颠三倒四，而且话特别多，就是把父亲和我加在一起也敌不过她。

“这人啊，一读书就总爱讲个理，这可不行。”

父亲只有这么一句话。但是，从这简单的一句话，我听出父亲平日对我的所有不满。当时，我并没有注意到自己的言语也很伤人，只觉得父亲的不满有些无事生非。

父亲当天晚上又改变了想法，问我要是请客的话几号比较合适。我每天都无所事事地生活在这陈旧的屋子里，没有什么合适不合适的。父亲这样问我，就等于说父亲做出了妥协。在这样温和的父亲面前，我也做出了妥协，不再拘泥于其他。经过商量，我和父亲最后定下了请客的时间。

但请客时间还没到，发生了一件大事。这就是明治天皇生病的报道。通过报纸，这一事件传遍整个日本，并且使几经曲折即将完成的我的毕业庆祝宴付之东流。

“还是不要再搞了为好。”

戴着眼镜看报的父亲这样说道。父亲好像在默默地想着自己的病。我记起了依照每年惯例出席了最近的大学毕业典礼的陛下。

四

没有几个人住，陈旧的房屋显得格外大，里面静悄悄的。我解开行李拿出书籍。不知为什么，我心绪不宁，学不下去。而在令人眼花缭乱的东京的那个宿舍二楼，听着远去的电车声响，一页一页翻动书页，我却心情舒畅，学得有劲头儿。

我动不动就会靠在桌子上打盹。有时候，我也会特意拿来枕头正儿八经地睡个午觉。睡醒过来，耳边传来蝉鸣声。梦境中一直持续的蝉鸣，一下子显得十分嘈杂，弄得我心烦意乱。静下心来听着蝉鸣，我时而心生悲凉之感。

我拿起笔给一些朋友写上简短的明信片，或者一封长信。这些朋友有的留在东京，有的返回了遥远的故乡。有的会来信回复，有的则音信不再。我本来就没有忘记先生，便决定以回乡以后的我为题，用小字写上稿纸三张，连缀书信一封寄去。封上书信时，我心里怀疑先生是否还在东京？先生和夫人一起出门的时候，总会请一位五十岁左右梳着剪短垂发的女人来帮他们看家。我曾经问过先生，那位是干什么的？先生反问我，你看像干什么的？我错以为那是先生的亲戚，先生对我说：“我没有亲戚。”先生家乡有亲属关系的人，和先生一向没有书信来往。我问的那位看家的女人，是夫人的亲戚，和先生没有关系。我在给先生寄信时，突然想起那个人用一根窄带子随意把头发系在身后的模样。假如先生夫妇出去避暑，这封信寄到后，那位梳着剪短垂发的阿姨大概会很细心、很热心地马上把信转寄到他们的旅居处。不过，我也十分清楚自己的这封信并没有写什么重要的事情。我只是感到孤寂，期待着先生的回音。但是，先生最终也没有回信。

父亲不再像我上次冬天回来时那么爱下日本象棋了。象棋盘上落了一层灰，放在壁龛的角落上。特别是陛下生病以后，父亲总是显得心事重重。他每天都在等报纸来，要最先读到报，然后再把读过的部分特意拿到我住的地方。

“你看看，今天又有天子的详细报道。”

父亲总是把陛下称作“天子”。

“真够可惜的。天子的病和你爸的病还很相似。”

父亲说着，脸上一片乌云，透露出深深的忧虑。听到父亲的话，我心头掠过一丝担忧，不知什么时候父亲就会病倒。

“不过，没有关系的，像我这种卑贱的人都还这样活着呢。”

父亲尽管自己给自己的健康打着包票，但好像还是预感到了马上就要降临在自己身上的危险。

“我爸真的是在害怕自己的病。我看，父亲不会像您说的那样，觉得自己再能活个十年、二十年。”

母亲听到我的话，显得有些不知所措。

“你劝劝他，再下下棋吧。”

我从壁龛取下棋盘，擦掉了上面的灰尘。

五

父亲的身体渐渐衰弱下去，那曾经令我惊讶的带手巾的旧草帽自然就闲置起来。每逢看到放在烟熏火燎得黑乎乎的柜子上的草帽，我就为父亲感到可怜。我很是担心，生怕父亲像以前那样轻松活动时不够小心。看到父亲一动不动端坐在那里，我又觉得看来父亲过去那样子还是有精神。我经常和母亲谈论父亲的身体状况。

“完全是心理作用。”母亲说。母亲脑子里总是把陛下的病和父亲的病联系在一起考虑。我倒不完全这样认为。

“不是心理作用。真的还是身体差了。好像不是心理，而是身体变坏了。”

我这样说着，同时心里盘算着是不是该请远处的医生来看看。

“今年夏天你也过得很没意思吧。好不容易毕业了，可庆贺一下都没有弄成。而且你爸的身体又是那个样子。另外，天子又有病……还不如你回来时干脆就请了客。”

我回来时是七月五六号，父母亲提起请客庆贺我毕业是一周以后，而后来决定请客的时间又过了一周多。在乡下，人们不在意时间，一切都慢条斯理，从容不迫。因此，这样就等于帮了我，使我避免了自己不喜欢的社交方面的痛苦。对我不够理解的母亲，却丝毫也没有注意到这一点。

当陛下驾崩的消息传来时，父亲手捧报纸，大叫一声：

“啊！天子最终还是去世了。我也……”

父亲说不下去了。

我到街镇上买来黑色的薄布，包上旗杆的球，又在旗杆的顶端绑了一块三寸宽的布条，然后面对大街从大门旁斜插出去。天上没有风，旗子、布条都有气无力地耷拉着。我家破旧的大门顶上铺着的是稻草，风吹雨打，稻草早已变色，略带浅灰色，上面现出的凹凸不平处颇为刺眼。我独自一人走到门外，望着那黑色布条、白色的布绸底子、染在白底子上的红太阳，也看到与此相映的屋顶上脏乎乎的稻草。我想起先生曾经问过我：

“你家房子是什么样子啊？大概和我老家的很不相同吧？”我很想让先生看一看自己出生的这陈旧房子，但又不好意思。

我又独自一人回到屋子里，来到放置自己桌子的地方，看着报纸，想象着遥远的东京的景象。我的想象集中在日本这个最大的城市，脑中勾勒出它在怎样的黑暗中、又是怎样运动的画面。在黑暗的、不得不运动的都市的不安和吵闹中，我看到了先生的家，就如一点星火一般。此时，我没有注意到这点星火正不由自主地被卷进无声无息的漩涡之中，更没有注意到再过一会儿就连这点星火也会一下熄灭，厄运就在眼前。

我拿起笔，想给先生写封信谈谈这件事。写了十行，我就停下笔来，把写好的部分撕得粉碎，扔进了纸篓（因为我觉得给先生写这些事情没有用处，按照前例，先生也不可能给我回信）。我是因为孤寂才写信的。而且，我还希望能够得到回音。

六

八月中旬，我接到一位朋友的来信。信上说地方中学有个教师的职位，问我去不去。我的这位朋友因为经济上的需要，自己在寻找这种工作，这工作一开始就是他自己要去做的，不过他又有了更好的去向，所以想把这份工作让给我。因此，他特意来信告诉我。我马上写信谢绝了，我说，我们的朋友中还有一些人花费了很大精力在找教师的工作，你不如给了他们。

信发出后，我和父母亲讲了这件事情。他们两个好像都赞成我拒绝这份工作。

“不去那种地方，我们还是能够找到好工作的。”

从父母亲的话里，我能明白他们二人对我寄予了过高的期望。粗心的父母亲好像期望刚刚大学毕业的我能够获得不相称的地位和收入。

“好的工作？最近很难有那种好工作了。特别是我和哥哥专业不一样，时代也不一样了，你们可别认为我们是一个样呀。”

“不过，既然已经毕业了，至少自己要能独立，自己过得下去。要是人家问起来，你家二少爷大学毕业了，在做什么工作？到时，我不知该怎么回答，那就丢人了。”

父亲面色阴沉地说。父亲从未走出久居的乡野，不了解外部的世界，只有这些见识。家乡的张三李四会问他大学毕业月薪多少，也有人会对他讲月薪大概一百日元左右，所以父亲就想让刚刚毕业的我能够找到同样的工作，这样在那些人面前说起来好听，很有面子。我自认为自己的根据地在大都市，而从父母亲的角度看，我简直是个迈步走向空中的怪人。我其实偶尔也会感觉自己就是这样的人。但我和父母亲的距离太远，在他们面前我只能沉默不语，不敢袒露自己的真实想法。

“你平时不是常提起那位先生吗？现在这种时候，你求求他吧。”

母亲眼里的先生就是这个样子。她不知道，正是这位先生劝我回家以后趁父亲健在早些把财产分了。先生不会因为我毕了业就帮我安排工作。

“那位先生是做什么的？”

“什么也没做。”

我很早以前就对父母亲讲过，先生什么事情也没做。父亲应该清楚地记得的。

“什么也没干，这又是为什么呢？你这么尊敬的一位先生，按说应该干点儿什么的。”

父亲讽刺我。按照父亲的想法，有用的人都要到社会上工作，而且获得相当的地位。他的结论好像是，只有流氓才会游手好闲。

“就像我这样的人，虽然没有月薪，但是也没有游手好闲啊。”

父亲又这么说。我仍然没有说话。

“既然像你说的，他是个了不起的人，那他一定会帮你找着工作的。你不能求求他看？”母亲问我。

“不成。”我回答道。

“那就没办法了。为什么就不能求求呢？你就写封信给他吧。”

“嗯。”

我模棱两可地答道，起身离开了。

七

很明显，父亲害怕自己的病。但是，他又不是那种医生一来就没完没了地问个不停、弄得医生不知所措的人。医生也尽量避免刺激他，所以什么也没说。

父亲好像在考虑自己身后的事情，至少是在想象自己不在后家里会变成什么样子。

“让孩子读书也是有利有弊。好不容易让他长了本事，孩子却不回家了。这么看来，让孩子读书就跟轻易断绝父子关系一样嘛。”

读了书，结果哥哥现在留在他乡。因为接受了教育，我又坚持去东京。培育了儿子的父亲发出这种牢骚，本来也在情理之中。想到将来只有母亲一人孤零零地留在居住多年的乡间房屋，父亲心里肯定倍感孤寂。

父亲深信自己的家是难以动摇的，相信住在里面的母亲在有生之年同样也是不可变动的。自己死去、将孤独的母亲一个人留在自家空荡荡的房子里，让父亲甚为不安，可是父亲偏偏还要我在东京寻个好位置。他脑中十分矛盾，我觉得这种矛盾很可笑，但因此能够去东京又让我感到很高兴。

在父母亲面前，我必须装作努力获取这种地位的样子。于是，我给先生写信详述了家里的情况。我向先生表示，只要是自己能够做的，做什么都行，请先生帮忙介绍。写信时，我并没有期待先生会理睬我的请求，而且觉得先生即使想帮忙，交际面狭窄的先生也是无能为力的。不过，写信时我认为先生一定会给我回信的。

准备把信封上发出之前，我对母亲说：

“我给先生写信了，按照您说的写的。您看看。”

正如我想的那样，母亲没有读信。

“是吗？那就早些发走吧。这种事情别人是不会管的，要自己抓紧做。”

母亲还把我当作小孩子。事实上，我自己也觉得是个小孩子。

“不过，写信也解决不了问题。反正到了九月份，我还得去东京。”

“那倒是，不过也说不定能碰上好差事的。最好还是尽早求人办办。”

我相信在这种事情上先生是很认真的，内心期待着先生的回信。不过，我的期待最终还是落空了。一个星期过去了，先生音信全无。

“大概是到什么地方避暑去了吧。”

我不得不以辩解的口吻对母亲说。这种辩解不是针对母亲的，而是针对我自己的内心。我必须编造出某种事情，来为先生辩解，否则心里就会感到不安。

有时候，我会忘却父亲的病，心想干脆早些到东京去。父亲本身也会忘却他自己的病，担心未来，但却没有采取应对未来的措施。最终，我也没有听从先生的忠告，抓住机会向父亲提出分配财产的事情。

八

九月初，我就要准备去东京了。我向父亲表示，希望目前还能够像过去那样给我寄去学费。

“就是这么去做，也并不能保证能够得到您所讲的那种职位。”

我和父亲讲，自己去东京是为了获得父亲所希望的那种职位。

“当然，钱只要寄到我找到工作就行。”

我心里想，这种工作总归是掉不到我头上的。不过，父亲不了解情况，他自始至终都在相信它的可能。

“那也用不了多少时间，我想办法给你凑吧。不过，时间长了可不行。获得了相当的职位马上就得自己独立啊。本来，既然已经学校毕业，从第二天开始就不应该再依靠别人了。现在的年轻人光有花钱的本事，却根本不想怎么去赚钱。”

除此之外，父亲还发了许多牢骚。其中有句话是：“过去的父母是孩子给吃的，现在的父母只能被孩子吃。”我只是默默地听着。

我觉得父亲的牢骚发完后，便缓缓地起身要走。父亲问我什么时候出发，我说越早越好。

“让你妈看看日子。”

“好，就这么办。”

当时我在父亲面前特别听话。我打算在离家前尽可能不让父亲不高兴。父亲又叫住我：

“你去了东京，我又要孤单了。家里只剩下我和你妈了。我要是身子骨结实就好了。可是看这样子，还不知什么时候会突然出什么事情呢。”

我尽可能地安慰父亲，然后回到放着自己桌子的地方。坐在散乱的书籍中，我反反复复地回忆心神不宁的父亲的态度和话语。此时，我又听到了蝉的鸣叫声。这次的蝉鸣声和上次听到的很不一样，是知了的叫声。夏天回到家乡，一动不动地坐在嘈杂的蝉鸣声中，心头时常会涌起悲哀的感觉。我觉得，我的哀愁总是和这虫子的激越叫声一起渗透自己的心底。每逢这种时候，我总是一动不动，自己注视自己。

自夏天回乡以后，我的哀愁渐渐变了情调。我觉得，就像鸣蝉的叫声变成知了的叫声一样，我周围的人的命运也在大轮回中缓缓变动。反复回忆孤寂的父亲的态度和话语，我的心里又浮现出没有回音的先生。先生和父亲给予我的印象截然相反，因此他们总是容易一起出现在我的脑海之中，进行比较和联想。

对于父亲的一切，我几乎了如指掌。假如与父亲分别，我也只是在情感上留有些父子间的不舍。先生的许多事情我还不清楚，我还没有机会听到他承诺告诉我的他的过去，总而言之，先生于我而言还是昏暗一片。我说什么也要穿越昏暗，走向光明。如果和先生断绝了关系，对我来讲将是巨大痛苦。我请母亲看了看日子，定下去东京的日子。

九

就在我将要出发的时刻，父亲又晕倒了（我记得应该是准备出发前两天的傍晚）。当时我在捆绑装满书籍衣服的柳条箱，父亲正在洗澡。去帮父亲冲洗后背的母亲大声喊叫让我过去，我看到母亲正从后面搂住身体赤裸的父亲。不过，陪他来到客厅时，父亲说已经没事了。为了小心起见，我坐在枕边用湿手巾为父亲做了做冷敷，直到九点左右我才随便吃了点儿夜餐。

第二天，父亲显得意外的精神，不听别人的劝阻，执意自己去上厕所。

“已经没事了。”

父亲又重复起去年晕倒时对我说的那句话。当时，果真如他所说，真的没有事。我想这次也许还会那样。不过，医生没有把病情说得十分清楚，只是提醒还是小心为好，叮嘱我们要多加注意。我心感不安，即使到了出发的时间，也没有心思去东京。

“再看看情况吧。”我和母亲商量。

“就这么办吧。”母亲请求我。

父亲有精神去院子走、到后院转的时候，母亲毫不在乎，可出了这档子事，母亲又过分担忧、操心起来。

“你今天不是要去东京吗？”父亲问道。

“嗯。我推迟了几天。”我回答道。

“是为了我吗？”父亲反问道。

我有些迟疑，如果说是，就等于证明父亲病情加重。我不想因此刺激父亲。但是父亲好像看透了我的心。

“对不住啊。”父亲说着，头转向了院子。

我走进自己的房间，望着扔在那里的柳条箱。箱子捆绑得结结实实，什么时候带走都可以。我呆呆地站在箱子前面，心想还是解开吧。

我坐立不安，又过了三四天。父亲又晕倒了，医生要求绝对卧床。

“该怎么办呢？”母亲用父亲听不到的音量小声问我，显得手足无措。我准备给哥哥和妹妹去电报。然而，父亲几乎没有什么痛苦，看他说话的样子，就和得感冒时没有两样，而且比平常还要有食欲。他根本就不听身边人的劝阻。

“反正要死了，死也要吃得香。”

父亲所说的吃得香，我听起来既感到滑稽又感到心酸。因为父亲并没有住在能够吃得香的都市里面。到了晚上，父亲让人烤了些年糕片放在嘴里嚼得脆响。

“怎么这么‘渴望’①啊。看来，也许根儿上还结实着呢。”

母亲反而把重心放在了原该失望的部分。她把过去只用在

---

① 原文为“渴く”，除了表示“干渴”的意思外，还表示“渴望”。

生病时的“渴望”这个老词儿用来表示“什么都想吃”。

伯父来看望父亲的时候，父亲说什么也不让他走。最主要的理由就是他太寂寞了，想让伯父多陪陪他。不过，好像还有一个目的，就是向伯父诉苦，说母亲和我不让他吃够了。

十

父亲的病持续了一周多，没有什么大的变化。其间，我写了一封长信寄给哥哥，又让母亲给妹妹去了信。我心想，这也许是给他们两人有关父亲健康的最后一封书信了。所以在信里都告诉他们，到了万一的时候就给他们打电报，那时他们再回来。

哥哥职务繁忙。妹妹有孕在身。所以，父亲不报病危，就不好把他们叫回来。可是，我又不想落埋怨，说他们好不容易抽时间回来了却没有见到父亲最后一面，所以在把握打电报的时机上，我感到了一种旁人无法知晓的压力。

“具体的情况我也说不清，但是你们要知道危险随时都可能来。”

从有车站的街镇接来的医生对我这样说。我和母亲商量，决定请医生帮忙从城里医院请一位护士来。看到穿着白色衣服的女人来枕边打招呼，父亲的表情看上去很古怪。

父亲很早以前就感觉到自己得了绝症，但是他并没有意识到死亡已经逼近眼前。

“这回病好了，我再到东京去玩玩。人还不知什么时候会死。想要做什么事情，还是得趁活着办好。”

母亲无可奈何地附和着父亲：“到时候也领着我一起去啊。”

有时候父亲又非常悲观：

“我死了以后，你要好好待你妈。”

对于这句“我死了以后”，我还留有某种记忆。离开东京前我毕业的那天晚上，先生对夫人就不知说了多少遍。我想起先生带着笑容的神情，还有夫人捂着耳朵说“真不吉利”的样子。当时先生说“我死了以后”不过是纯粹的假设，而现在我听到的却是随时可能会成真的事实。我学不了夫人对先生的那种态度，但是嘴上仍然要把父亲从中引开。

“您可别说这种泄气话，您不是还要到东京玩玩吗？和我妈一起。这次您要是去，肯定会大吃一惊，变化大极了。光电车就增加了好多条线。电车一通，城市自然而然就变了样。另外，还重新划分了市的区域。可以说，东京每时每刻都在发生变化。”

没有办法，有些没必要的话我也得说。父亲听起来像是很满意。

家里有病人，自然进进出出来来往往的人就要多。附近的亲戚们，几乎是以两天一个的频率交替着来探望父亲。其中也有住得比较远、平素疏于交往的人。有的人临走时讲：“我还以为挺严重的呢，看这样子没有大事。也能说话，脸上一点儿也没有瘦。”我刚回家时，家里安静得可以说鸦雀无声，现在因为这事渐渐变得乱哄哄的。

其中，只有父亲不能动弹，他的病越发不乐观了。我和母亲、伯父商量后，还是给哥哥、妹妹去了电报。哥哥来信说马上就回来。妹夫也来了信，说就出发。妹夫以前就说过，妹妹上次怀孕时就流过产，这次打算小心一些，避免形成习惯。也许妹夫要代替妹妹自己来。

十一

就在这忙乱中，我还能抽出时间静静地坐坐，甚至偶尔打开书连续读上十页。曾经紧紧捆绑起来的箱子，不知什么时候又被解开了。根据需要，我从中取出各种东西。我回想了一下离开东京时自己在心里暗暗定下的整个夏天的日程安排。我完成的还不足三分之一。过去，我虽然也多次体验过这种不愉快，但是却很少像这个夏天这样不顺利。明知这是人生常态，但是心情仍然极为不悦。

我心情郁闷地坐着，想着父亲的病，想象着父亲死后的情景。与此同时，我又想到了先生。在这郁闷心情的两端，我看到了地位、教育、性格截然不同的两个人的面影。

离开父亲的枕边，我抱着胳膊独自坐在散乱的书籍之中，就在此时母亲来到我的房间。

"你睡会儿吧。太累了。"

母亲不了解我的心情，我也不是小孩子，并不期待母亲能够理解我。我简单地道了谢。母亲仍然站在房门前。

"我爸怎么样？"

"今天睡得很好。"母亲回答道。

母亲突然走了进来，坐在我的旁边。

"先生还是没有信来吗？"

母亲相信了我的话。当时我向母亲保证，先生肯定会回信的。但是，当时我并不期待先生会来信满足父母亲的愿望。这一结果就如同我在有意欺骗母亲。

"你再写一封信吧。"母亲说。

只要能安慰母亲，这种没用的信写多少封，我也不会嫌烦。可是，用这种事去逼迫先生，我觉得很是痛苦。比起被父亲斥责、让母亲伤心，我更害怕遭到先生蔑视。我甚至胡乱猜想，先生至今没有对我的请求回信，说不定就是由于这个原因。

“写封信很容易，不过这种事情靠通信是解决不了的。还得我自己去东京当面请求。”

“可是，你爸这个样子，还不知你什么时候才能去东京呢。”

“所以，我不会去的。我爸病情没有最后的结果，我就一直陪在身边。”

“那还用说吗？现在家里有这么个病危的人，谁会把病人扔在一边，不管不顾地去东京呢？！”

我开始在心里可怜什么也不了解的母亲，但又无法理解母亲为什么要在这乱哄哄的时候提出这种问题。我有些怀疑母亲，我不理睬生病的父亲，悠然自得地静坐、看书，母亲是不是和我一样，忘记了眼前的病人在考虑别的事情，心里也留有一块自己的空地？就在此时，母亲开口说道：

“其实啊，其实我觉得，要是你爸活着的时候，你的工作能定下来，也能让他放心。不过，看这样子，也许很难赶得上了。就算是这样，可他现在嘴还很能吃，脑子也清楚，所以我们要趁他活着，让他高兴，尽尽孝。”

可怜的我，现在处于无法尽孝的境地。最终我也没有给先生写一行字。

十二

哥哥回来时，父亲还能躺在床上看报。父亲平时有个习惯，什么都可以不做也要先把报看完。卧床不起以后，由于无聊憋闷，他更是要读报了。母亲和我都没有表示反对，尽可能随着病人的意愿。

“有这么大的精神头儿，多好啊。我还以为身体糟透了呢，这不是挺好的嘛。”

哥哥和父亲聊着天，这么说。这种过于闹腾的语调听起来很不协调。不过，不在父亲眼前面对我的时候，哥哥却显得很忧郁：

“是不是不该让他看报啊。”

“我也是这么想的。可不让他看，他不干啊。真是没办法。”

哥哥没有作声，听着我的辩解，过了一会儿他问道：“他能看明白吗？”哥哥好像察觉到生病后父亲的理解力比平常要迟钝许多。

“那还是没有问题。我刚才和他在枕边聊了很久，足有二十分钟，一点儿也看不出脑子有毛病。看这样子，也许一时半会儿没有问题。”

妹夫与哥哥前后脚到家，他比我们要乐观许多。父亲问了他许多和妹妹有关的事情，并且说：“她那种身体，还是不要随随便便坐火车晃来晃去的好。那样反而让我们担心。”父亲还说：“我没事的，不久就会治好，到时我还要去看看小娃娃呢，好久没去你们那里了。放心，没事的。”

乃木大将去世的消息，父亲也是最先从报纸上得知的。

“糟了，糟了。出大事了。”

我们对此全然不知，父亲突然的话让我们大吃一惊。

“当时吓了我一大跳，我还以为父亲脑子到底还是糊涂了。”

“我也是大吃一惊。”妹夫表示自己也有同感。

当时的报纸实际上每天登载的都是那些让乡下人期待的消息。我坐在父亲的枕边专心致志地阅读报纸，没有时间读的时候，就会悄悄拿到自己的房间一字不漏地通读一遍。穿着军装的乃木大将，还有穿着宫中女官服装的乃木夫人，他们的形象浮现在我的眼前，久久难以忘却。

就在这悲痛之风吹遍乡村、昏昏欲睡的草木受到震惊时，我突然接到了先生来的一封电报。在这种看到穿西装的人狗都要狂吠的地方，电报的到来成了一件大事。母亲接到电报后很是吃惊，特地把我叫到没有人的地方。

“是什么事情啊？”母亲站在我身边等我拆开电报。

电报上写得很简单，意思是我想见见你，你能来一趟吗？

我感到有些不解。

“一定是你求人家办的工作的事儿。”母亲推测道。

我也觉得有可能是这么回事儿，不过还是觉得有些奇怪。不管怎么说，我把哥哥、妹夫都叫了回来，现在让我不顾生病的父亲去东京，是不可能的。我和母亲商量后，给先生发了回电，表示自己去不了。我又附加了几句极为简略的话，讲了一下父亲目前病危的情况。不过，我还是觉得不妥，当天又给先生发去一封信，讲述了详情。母亲脸上显得十分遗憾，她坚信先生的电报就是说的找工作的事情，嘴上说：“真是太不巧了，没有办法。”

十三

我的信写得很长。母亲和我都以为先生这次肯定会来信说些什么。结果，信发出的第二天，我又收到一封电报，上面只写了一句话：不用来了。我把电报拿给母亲看。

“也许先生是打算写信细谈吧？”

看起来，母亲说什么也要把这一切解释为先生要为我介绍解决衣食的工作。我也觉得有这种可能，不过从先生平素的举止来推测，怎么看这也有些奇怪。“先生为我找工作”，在我看来这简直就是天方夜谭。

“总之，我的信先生应该还没有接到。所以电报肯定是接到我的信之前打来的。”

我对母亲说了这再清楚不过的判断。母亲若有所思地想了一番，回答道：“是啊。”其实很明显，即使母亲明白了先生在看到我的信之前就发出了电报，也不会改变她对先生的认识。

那天，正好主治医生带着院长从街镇来，所以我和母亲自此再也没有机会聊这件事。两位医生给病人做了灌肠就回去了。

自从医生要求卧床休息以来，父亲大小便都是请别人帮忙。父亲是个爱干净的人，开始的时候他很不愿意这样，不过由于身体不方便，只好不情愿地卧床解决。也不知道是病情加重使得头脑渐渐迟钝，还是什么原因，时间长了，他也就不介意依靠别人排泄了。偶尔弄脏被子、床单，旁边的人会皱眉头嫌弃，他本人却不当回事儿。当然，由于病情的原因尿量非常少，医生为此很挠头。他的食欲也在减弱，偶尔想吃东西，也只是舌尖想想，实际上咽不下多少。原本喜欢读的报纸，他也没有气力拿在手上，枕边的老花镜一直放在黑色的眼镜盒里。父亲有一个幼时的好友叫阿作，现在住在一日里[①]之外的地方。阿作

① 1日里约等于3.927公里。

来探望父亲时，父亲说了句“是阿作啊”，随之把凝滞的目光投向他。

“阿作啊，谢谢你。你这么结实，真让人羡慕。我不行了。”

“没有那回事儿。你看你，两个孩子都大学毕业了。就算得点儿病，也够完美的。你看我，老婆死了，又没有孩子。也就是这么凑合活着。就算身体好，又有什么乐趣啊。”

阿作来了两三天之后，父亲做了灌肠。医生的帮助使得父亲心情好了许多，好像对寿命有了点儿信心。守在身边的母亲，也许是受到父亲的影响，也许是想给病人鼓鼓劲儿，就把先生给我来电报的事情说给父亲听了，那语气就好像我的职位已经如父亲期待的那样在东京找到似的。坐在旁边的我感到很难为情，但是又无法阻止母亲说下去。

“那是好事啊。”妹夫也说。

“还不知道什么工作吗？”哥哥问道。

事已至此，我没有勇气去否定这件事情。我说着自己也不明白的话语，含含糊糊地答道，故意起身离开了。

十四

父亲的病发展到了等待最后一击的关键时刻，看上去病情就像是在那里徘徊。家里人每天入睡时都很担心，害怕决定命运的时刻就在今天到来。

父亲一点儿也没感到那种让周围人揪心的痛苦，从这点来看，照料他倒显得很轻松。为了多加小心，家里每天都要有一个人倒替着值夜班。其他人晚上的大部分时间都可以回到自己的寝室休息。有一回，我不知为什么睡不着觉，错以为听到了病人的轻微呻吟声，为以防万一，便半夜钻出被窝，到父亲枕边看了一下。那天正是母亲值班，母亲在父亲身边正枕着胳膊肘睡得很熟。父亲也很安静，就像进入了深度睡眠似的。我蹑手蹑脚地回到自己的床铺。

我和哥哥睡在一张蚊帐里，只有妹夫独自在远处的客厅里休息，这也许是他受到客人待遇的缘故。

“阿关也挺可怜的，被拖了好几天也回不了家。”

阿关是妹夫的名字。

“不过，他也没有那么忙，所以才能住下去。和阿关比起来，哥你才为难吧？这么拖下去。”

“为难也没办法。这和其他事不一样。”

我和哥哥床铺挨着床铺，说着这些枕边话。哥哥和我都有一个心思，觉得父亲反正是没救了，还有一个想法，就是既然反正没救了……作为儿子，我们就好像是在等待父亲的死亡。

不过，作为儿子，我们都不敢把这种想法表露在语言上。而且，我们彼此都十分清楚对方在想什么。

“父亲好像觉得自己还能治好。”哥哥对我说。

事实上，哥哥讲的这一点我也并非看不出。每当有近邻来探望，父亲都执意要见。一见面，他必定就要表示遗憾，遗憾没有举行我的毕业庆贺会来招待大家，最后他还经常要补充一句：等自己的病好了再说。

“你的毕业庆贺没搞就对了。我那时候真让人受不了。”哥哥的话打开了我的记忆。我想起了当时酒精造成的乱哄哄的场面，苦笑了一下。同时，眼前也浮现出父亲到处劝人喝酒吃饭的模样。

我们并不是关系那么好的兄弟，小时候经常打架，我年纪小总是挨打。进了学校选择了不同的专业，也完全是因为我们性格不同。进入大学，特别是接触先生以后，我远距离地观察哥哥，总觉得他是个动物性很强的人。我很久没见到哥哥，而且相隔很远，无论是从时间还是距离来看，哥哥总是在远离我的地方。不过，事隔许久再次见面，兄弟间的温情还是油然而生。当然，这最大的原因还是因为这非常的场合。我们两人共同的父亲即将死去，此时此刻，就在枕边，哥哥和我握手言和。

“你今后准备怎么办？”哥哥问道。而我问哥哥的问题却完全出乎他所料：

“家里的财产到底怎么样呢？”

“我不知道。咱爸什么也没说。不过，说是财产，也没有几个钱。”

母亲还在为先生的回信闹心。

“还没有来信吗？”母亲追问我。

十五

“你们总是先生、先生的，他到底是谁啊？”哥哥问我。

“前一段不是跟你说过吗？”我回答道。哥哥自己明明问过，但回过头就把别人的解释忘得一干二净，这让我很是不悦。

“问倒是问过，不过……”

哥哥的意思是，他就是听过也搞不明白。可在我看来，哥哥根本就没有必要非得了解先生。这让我很生气，觉得哥哥那种劲儿又上来了。

在哥哥看来，既然是我一口一个先生那么尊敬的人，这个人就必定是个著名人物。据他推测，至少也得是个大学教授。没有名，没有工作，这种人又有什么价值呢？哥哥心底的这点想法和父亲完全相同。只是父亲马上就会得出结论，认为这种人什么都不会才整天游手好闲。而哥哥却是另一副口吻，他会说这种人虽说有某种能力，但整天游手好闲，也是个没有意思的人物。

“利己主义者是要不得的。打算无所事事地活着，这是懒惰的想法。人必须要尽量发挥自己的才能，否则就什么都是瞎说。”

我真想反问哥哥，你明白自己所使用的“利己主义者”这个词的意思吗?

“不过，靠这种人获得了职位也蛮好的。咱爸也挺高兴的嘛。”

哥哥接着又这么说。既然先生还没有来信明说，我也就无法相信，同时也就没有勇气坦言这件事。母亲一个轻率的判断就把这件事张扬开来了，事已至此，我很难一下子否定这件事的存在。不用母亲催促，我自己就在期盼先生的信到来，并且祈祷那封信里最好能写着大家所认为的解决温饱的事儿。面对濒于死亡的父亲，面对一直盼望能给濒于死亡的父亲一些安慰的母亲，面对认为不工作就不是人的哥哥，面对其他人——妹夫、伯父、伯母，我不得不为自己根本就不在意的事情大伤脑筋。

当父亲吐出怪异的黄色东西时，我想起了先生和夫人以前告诉过我的危险。“老这么躺着，胃肯定也坏了。”母亲说。我看着这什么也不清楚的人的脸，眼睛变得潮润了。

当哥哥和我在起居室碰面时，哥哥问我："听到了吧？"他的意思是，我有没有听到医生临走时对哥哥说的话。不用他解释，我十分清楚医生所讲的意思。

"你想不想回到这里把家里的事情管起来？"哥哥回过头问我。我没有说话。

"咱妈一个人，日子没法过。"哥哥又说。看来，哥哥是不在乎我的，宁肯让我在这里闻着泥土味老朽下去。

"要是光读书的话，在乡下也完全可以。而且还用不着干活了，不是挺好吗？"

"按长幼顺序来讲，哥哥应该回来。"我说。

"我怎么可能干这种事呢?！"哥哥一口回绝了。哥哥心底有非凡的志向，要在这世上大干一番。

"你要是不愿意的话，那就请伯父照顾吧。就算是这样，咱们也得有一个照料咱妈。"

"咱妈是不是还守在这里，已经是个问题了。"

父亲还没有去世，我们哥两个就开始聊起他的身后事了。

十六

父亲开始经常说胡话了。

“对不起乃木大将。真是丢人，我随后就去。”

父亲经常会突然冒出这种话。母亲显得很害怕，总想把大家聚拢在父亲的枕边。病人在神志清醒的时候，感到异常孤单，这样做也是父亲所希望的。一旦扫视屋内，看不到母亲的影子，父亲必定就要问：“阿光呢？”即使他不问，从眼神也能够看得出他在找母亲。我经常会起身去叫母亲。母亲放下刚开始干的事情，马上来到病室，问：“你有什么事？”父亲有时候只是望着母亲的脸一言不发，有时候又会说些完全不着边际的话，还有些时候又会突然说出温柔的话：“阿光啊，谢谢你给我这么多的照顾。”听到这样的话，母亲必定热泪盈眶。事后，母亲总是会回忆父亲过去健康时的情形，与现在相对照。

“他现在说得可怜巴巴的，过去可凶着呢。”

母亲会讲起父亲用笤帚打自己的背。这件事情，我和哥哥不知听过多少遍了，不过此时的心情与以往截然不同，似乎听到的是母亲对于父亲的一种纪念。

父亲望着自己眼前昏暗的死神的影子，却还没有说出遗言似的话语。

“是不是该趁现在问问一些事啊。”哥哥看着我的脸说。

“是啊。”我回答道。我觉得由我们主动提起这种事情对病人很难说好与坏。我们两个难做决定，最后便和伯父商量。伯父也感到为难。

“明明有话要说，临死也没有说出来，是挺遗憾的，不过要是让我们催他说，也许又不合适。”

这件事最后还是拖延了下去。渐渐地，父亲昏睡起来。像以前一样，什么也不清楚的母亲反而觉得高兴，她错认为父亲只是一般地睡眠。“行啊，睡得这么好，身边的人也省事。”她说。

父亲有时候会睁开眼睛，突然问某人怎么样了。这个某人都是刚才坐在他枕边的人的名字。父亲的意识明显地分为两部分：黑暗部分和明亮部分，看起来只有这明亮部分才会像穿过黑暗的白色丝线一样，断断续续地连接在一起。所以，母亲把父亲的昏睡状态错认为是普通的睡眠也是可以理解的。

后来父亲的舌头渐渐开始打结，不利索了，无论说些什么，语尾总是不清楚，所以很多时候总是让人听不明白。不过，开始说话的时候，声音还很大，让人感觉他不像是个危重病人。我们跟他讲话时，不用说也必须用比平时更大的嗓门，而且还要把嘴凑到他的耳旁。

“给你冰冰头，是不是要舒服些？”

“嗯。”

我配合护士更换了水枕，然后把装着新冰的冰袋放在父亲头上。我轻轻按住放在父亲光秃的额头旁边的冰袋，直到切割得颇有棱角的粗糙碎冰在冰袋中逐渐舒展。就在此刻，哥哥从走廊走进来，默默地把一封信递给我。我伸出空着的左手接过信来，顿时心生怀疑。

这封信比起普通的信件重许多，也没有放在普通的信封里面，而且它的分量也很难装到普通信封里。信的外面用白纸包着，封口用糨糊沾得很结实。我从哥哥手里接过它，马上就发现这是一封挂号信。翻过来一看，后面工工整整写着先生的名字。我腾不出手，无法马上打开，便把它塞到了怀里。

十七

那天，病人的状态格外不好。当我起身去厕所时，在走廊和哥哥走了个面对面。哥哥用哨兵似的口吻盘问我："你去哪儿？"并且提醒我："咱爸情况不太好，你得尽量守在他身边。"

我也是这么想的，便没有急着看怀里的信，很快又返回到父亲的病室。父亲睁开眼睛，问母亲坐在那里的一排人叫什么名字。母亲一一向他做了说明，这是谁，那是谁。父亲听到后都会点点头，如果不点头，母亲就提高嗓门再叮问道："这是某某先生，知道了吧？"

"承蒙您关照。"

父亲这么说，然后又陷入昏迷状态。枕边围坐的人们默默地注视着病人的情况。不一会儿，其中一个站起身走到邻近的房间。接着，又有一个人站起身。我是第三个，最终也起身离开，来到自己的房间。我要打开刚才塞进怀里的那封信件看看。在病人的枕边要看也很容易，不过信上写的内容过多，没办法一下子看完。所以，我只好专门抽出时间阅读它。

我用力撕开纤维粗硬的包装纸，露出了稿件模样的东西，纵横打着格子的纸上工工整整地书写着文字，为了方便封信，信纸被折成了四折。为了更好地阅读，我把显出折印的西洋纸反折了一下，将其抚平。

想到如此多的纸和墨水将对我诉说什么，我的心顿感一惊。与此同时，我又惦记着病室的情况，心中有一种预感，一旦读起这封书信，我还没来得及读完，父亲必定要发生什么事情，至少哥哥、或者母亲，抑或伯父，他们会来叫我。我难以静下心来阅读先生写来的信，心慌意乱地只读了开始的一页。这一页是这样写的：

“当你问起我的过去时，我没有勇气无法回答。现在，我相信我已经获得了自由，能够在你面前明明白白讲述我的过去。不过，这种自由只不过是世俗性的自由，在等待你来东京的时候，它又会丧失。所以，如果不在可利用的时间内利用它，我将永远失去向你的头脑讲述我的过去、使之成为你的间接经验的机会。那样的话，当时向你做出的那么坚定的保证就会彻底变成谎言。迫不得已，我只好把应该用嘴讲述的话用笔书写出来。”

读到这里，我才明确知道了为什么先生会写出这一长篇。我一开始就确信，先生不会为解决我的衣食温饱而来信、为那种东西费心思的。可是，不爱写信的先生为什么要写这么长的信为我讲述那件事呢？先生为什么不能等到我去东京再谈呢？

“现在自由来了，所以我要说。不过，这自由又会永久丧失的。”

这句话反复萦绕在我的心头，我苦苦思索它的意思，一阵不安突然向我袭来。就在我打算继续读下去时，病室那边传来哥哥高呼我的叫声。我心里一惊，马上站起身，沿着走廊向大家所在处飞奔而去。我明白了，最后的瞬间将要降临到父亲身上。

十八

不知什么时候，医生已经来到病室，正要试着给父亲灌肠，以便尽可能减轻病人的痛苦。护士在别的房间休息，消除昨晚的疲劳。不熟悉护理的哥哥站在那里不知所措，一看到我就说：

“来帮帮忙。”他自己却坐了下来。我代替哥哥把油纸塞到父亲的臀部下面。

看情况，父亲舒服了一些。医生在父亲枕边坐了三十分钟左右，确认了灌肠的效果后，说了句“我再来”，便回去了。临走时，医生特意嘱咐万一有事随时叫他。

我离开随时都可能出事的病室，打算再看看先生的来信。可是，我心里总是轻松不下来，总觉得一坐到桌前哥哥就会大声呼叫自己。我双手颤抖，害怕下次哥哥再叫我时父亲就要去了。我只是无意识地一页一页翻着先生的来信，双眼看着规规矩矩嵌在格子里的笔画。但是，却没有心思阅读它们，甚至连一目十行的心思也没有。就这样一页一页地翻着，翻到了最后一页，当我准备按照原样折叠起来放在桌上时，临近结尾处的一句话突然闯入我的眼帘：

“这封信到你手里的时候，我将不在这个世界上，早已经死了。”

我大吃一惊，刚才还忐忑不安的心就好像一下子冻结了一般。我又往回一页一页地翻看，每一页只读一句。我试图用眼睛刺透一晃而过的文字，在刹那间了解到我需要了解的事情。此时，我想知道的只是先生平安与否。先生的过去，先生曾经保证要讲给我的那阴暗的过去，这些对我来讲完全没有意义。

往回翻着信，但信却无法提供给我所需要的知识，我烦躁地把这长信折叠起来。

我又来到病室的门前，想看看父亲的情况。病人的枕边意外地安静。母亲坐在父亲身旁，神情疲惫，显得无依无靠。我向母亲招招手，问道：“怎么样，情况？”母亲答道：“现在好像还平稳。”我在父亲眼前露了个面，问道：“怎么样啊？灌肠以后，舒服一些了吧？”父亲点点头，并且很清楚地说了句“谢谢”。父亲还清醒，出人意料。

我又离开病室，回到自己的房间。在那里，我看了看表，查看了一下列车时刻表。我突然站起身，束紧腰带，把先生的来信塞进怀中，然后从后门绕到大门前。我拼命向医生家跑去。我想问问医生，弄清楚父亲还能不能再活两三天。我想求求医生，无论是打针还是做什么，一定要让父亲多活几天。医生碰巧不在。我心里很不平静，没有时间慢慢等他回来。我立刻让车向车站奔去。

贴着车站的墙壁，我用铅笔在一张纸片上给母亲和哥哥写了封信。信十分简短，但我觉得比起不辞而别还是要好些。我把信交给车夫，请他尽快送到家里。随后，我便一下子跳上开往东京的列车。在隆隆作响的三等列车上，我又从怀中取出先生的来信，终于从头至尾看了一遍。

下　先生和遗书

二

“……这个夏天，我收到你两三次信。我记得希望帮你在东京获得相当职位的那封信应该是第二次收到的。看了那封信，我很想尽己所能为你做些什么，至少应该给你写封回信。但是坦白地说，对于你的请求我根本就没有做任何的努力。你也知道，我这个人交际范围很窄，不，准确地说，我是孤零零一个人生活在这个世界上。我完全没有能力做出这种努力。当然，这不是问题的关键。说实在的，那时我正在为怎么对待自己而烦恼。是一直像遗留在人间的骷髅般生存下去呢？还是……当时我每次在心里重复‘还是’这个词时，就会感到心惊胆战。我十分胆怯，就像飞跑到绝壁边缘、向下猛然看到深不见底的深谷的人一样。而且，我还像许多同样胆怯的人一样心中苦恼。十分遗憾，当时我的心里几乎不存在你这个人，这么说没有丝毫夸张。进一步讲，你的职位，你的糊口收入，这一切对我而言毫无意义，爱怎么样就怎么样，我根本顾不上。我把你的信插在信袋里，依旧抱着胳膊沉思。家里明明有足够的财富，为什么还要在毕业前后为了职位苦苦挣扎？我只能心情苦涩地向远处的你投去一瞥。我坦言这些话只是为了向你这个我本应回信的人做些辩解，并不是故意要弄这些无礼言辞激怒你。你只要看到后面，就会清楚我的本意。总之，此处本该写些寒暄问候，而我却弃之不语，请宽恕我的怠慢之罪。

后来，我给你去了电报。坦白地讲，当时我确实想见到你，想见到你后按照你希望的那样，把我的过去讲给你。你回了电，说你眼前来不了东京，我十分失望，久久地望着那封电报。你后来又写来一封长信，看来你也觉得光拍电报心有不甘，这使我十分清楚了你不能来东京的原因。我绝不会认为你是那种不懂礼貌的人。你怎么可能不顾重病在身的对你至关重要的父亲，就离家出走呢？……其实，我在拍那封电报的时候，已经忘记了你的父亲。而你在东京的时候我还那么忠告你，对你说这是不治之症，一定要多加注意。我就是这么矛盾的人，或许是我的头脑，不，应该是我的过去，压迫我的结果，使我变成这么矛盾的人。在这点上，我完全承认这是我的自私，必须求得你的原谅。

我读到你的信——你的最后一封信的时候，我知道自己做错了一件事情。因此，我拿起笔想写一封检讨自己的回信，可是最终一行也没有写下去。因为我觉得要写就还是写这样一封，而要写这封信当时为时尚早，所以也就放弃了。我之所以发去‘你不必来了’这封简短的电报，原因也就在此。

二

“自此，我开始写这封信。我平素不习惯舞文弄墨，所以我最大的痛苦就是无法游刃有余地描述事件、思想。差一点儿我就放弃了对于你的义务。但是，无论我想放弃也好，想放下笔也好，都没有用处，因为每过一个小时我又想拿起笔写下去。也许，从你的角度看这是我重视履行义务的性格所致。我也不否认这一点。如你所知，我是个孤独的人，和世间几乎没有什么交往，所以环顾自己的前后左右，也找不到一点点能够称得上义务的义务。说不上是故意还是自然而然，我过的生活就是要尽量减少这种义务。不过，这不是因为我对义务冷淡，反倒是因为我过于敏感、缺乏承受外部刺激的力量，所以才过着你所见到的这种消极的日子。因此，一旦自己承诺了就一定要履行，否则我就会觉得很不舒服。所以，为了避免这种不舒服的感觉，我也要提起放下的笔写这封信给你。

而且，我自己也想写。除了义务的约束，我自己也想写我的过去。我的过去只是我个体的经验，所以可以说仅仅属于我自己。离世之前，这种经验如果不给予他人，人们会觉得太可惜，我也多少有些同感。不过，要是给予那些无力接受的人，我觉得还不如将我的经验与我的生命一起埋葬。事实上，如果没有你这样一个男人存在于此处，我的过去终将还是我的过去，不会间接地成为他人的知识。在几千万日本人中，我只想对你讲述我的过去，因为你是认真的。因为你说过你要认真地从人生中汲取活生生的教训。

我要把人世的阴暗影子毫不留情地投射在你的头上。不过，你不要害怕。你要凝视这阴暗，从中汲取值得你参考的东西。我所讲的阴暗，从根本上说就是伦理意义的阴暗。我生来就是一个伦理性强的人，同时也是在伦理中成长的。也许这种伦理上的思考和今天的年轻人大为不同。不过，无论多么错误，它也是我自己的，而不是那种临时借用的和服。所以，我觉得它对于今后希望发展的你多少可以提供些参考。

你还记得吧，你常常和我讨论现代的思想问题。你也很清楚我对这一问题的态度吧，我虽然不轻视你的意见，但也到不了尊重的程度。因为你的认识没有任何的背景，你过于年轻，还没有属于你的过去。我常常会发笑。你在我面前经常会显出不满足的神情。极端的时候，你会逼迫我将我的过去像绘卷①一般展现在你的面前。此时，我才开始在内心里尊敬你，因为

① 卷子本形式的绘画的一种。

你显现出一种决心，要从我的腹中捕捉到某种活生生的东西，因为你要剥开我的心脏汲取温暖流淌的血流。当时，我还活着。我不愿意死去。因此，我没有答应你的请求，约定在他日满足你。现在，我要亲手割破自己的心脏，让热血喷射到你的脸上。当我的心脏停止跳动时，从你的胸膛如果能够孕育出新的生命，那我就满足了。

三

“我失去父母双亲时，还不到二十岁。我记得妻子曾经跟你说过。他们两个都是得同样的病死去的。并且，是前后脚、几乎同时死去的，这一点，妻子的话曾经让你觉得难以置信。说实在的，父亲得的是令人恐惧的伤寒，它传染给了在身边护理父亲的母亲。

我是他们两个人生育的唯一的男孩。家里财产相当多，所以他们把我养育得磊落大方。回顾自己的过去，我觉得假如当时父母没有死，或者父亲、母亲有一位还活着，我至今仍会保持那种磊落大方的性情。

两个人死后，只留下我茫然一片，不知所措。我既没有知识，也没有经验，更不明白事理。父亲去世时，母亲没有在他身边。母亲去世时，甚至连父亲离世都没有告诉给她。最后母亲是察觉到了父亲的死，还是如身边的人所说，她至死都还相信父亲正在康复，这无从知晓。母亲只是将万事交代给了叔父，指着身边的我说：'这孩子就请你照料了。'在这之前，我就得到了父母的准许，准备去东京的，所以母亲好像也打算顺便提一下这事儿。因此，她只加上了一句'去东京'，叔父马上就接着答道：'好，你用不着担心。'大概是因为母亲体质好耐得住高烧吧，叔父对我赞扬母亲说：'真是坚强的人。'可是，今天思考起来，这究竟是不是母亲最后的遗言，还很难说。母亲当然是知道父亲所得的病的可怕名字。而且，也是知道自己受到了传染。但是，她是不是相信自己一定会被这病夺去生命，我觉得这一点就有很大怀疑的余地了。另外，母亲发高烧时所说的话，不管这些话说得多么合理多么明确，也常常不会留在母亲的记忆里，哪怕是一星半点。所以……不过，这算不得什么问题。只是从那个时候，我已经养成一个毛病，总爱这样把事物分解开来，然后翻过去再调过来地仔细观察。我觉得从一开始就必须跟你说清楚这一点。这部分的记述作为一个实例，和目前要讲的问题虽然没有多大关系，但是我觉得它或许反而对你有用。总之，你就按照这一思路去读吧。因为我觉得我这种性格涉及伦理方面的个人行为、动作时，就会越发怀疑他人的道义心。这的的确确会增添我的烦恼、苦闷，所以你要记住。

话一旦离开正题，就会变得费解，所以我们还是返回正题吧。不过，与那些和我地位相同的人相比，我觉得自己或许多多少少要平静一些，尽管我写了这么长的信。这个世界一旦睡下就会响起的那种电车的隆隆声已经消失。遮雨窗外不知何时响起了可怜的虫的微鸣，让人悄然记起秋日的露水。对这一切毫无所知的妻子就睡在隔壁，纯真无邪香甜入梦。我拿起笔，笔尖发出响声，流淌出一笔一划。面对着稿纸，我心情颇为平静。也许由于不太习惯的原因，笔尖会划到格子外面，不过那并不是心烦意乱造成的笔锋走偏。

四

“总而言之，孤独一人的我，只有按照母亲的吩咐依靠叔父度日，除此之外别无他法。叔父接手了我的一切，从各方面照料我，而且还安排我去了我希望去的东京。

我来到东京，上了高中。当时的高中生要比现在更混乱、粗野。我认识的人当中，就有半夜和工匠打架用木屐把人家弄伤的。这都是喝酒闹出的事。他们只顾着和人家打来打去，结果学校的帽子让对方给抢走了。巧得很，这帽子里面一块菱形的白布条上就写着这人的名字。这下事情闹大了，那个人险些被警察找到学校。不过，靠朋友帮了许多忙，才没有把事情弄得尽人皆知。这种粗野的行为，在你们这些在今天优雅气氛中长大的人听来，一定会觉得十分荒唐。实际上我也觉得很是荒唐。不过，他们却有一种现在的学生所不具备的质朴。当时我每个月从叔父那里拿到的钱，比起你父亲给你寄的求学费用要少得多（当然，物价也有所不同）。尽管如此，我一点儿也不觉得少。而且，同年级的众多同学里，在经济方面，我绝不是那种羡慕他人、处于可怜境遇的人。现在回想起来，我倒是让人羡慕的。我这么说，是因为除了每个月定期寄来的钱以外，我还经常向叔父索要书籍费用（从那时候开始我就喜欢买书）以及临时费用，能够随心所欲痛痛快快地把它消费掉。

我什么也不懂，当时不仅相信叔父，而且还以感恩之心尊敬叔父，觉得自己十分庆幸。叔父是个做事业的，也当过县议会的议员，或许是这种缘故吧，我记得他和政党也有些关系。他是父亲的亲弟弟，但在这点上，他看上去和父亲的性格发展截然不同，父亲是敦厚诚实的人，珍视并守护祖先留下来的遗产。他爱好品茶插花，还喜欢阅读汉诗集，对书画古董似乎也颇有兴趣。父亲家住在乡村，但是两日里外有个市（叔父就住在这个市里），那个市的旧家具店的人经常特意带着挂轴、香炉什么的来给父亲看。简单地讲，父亲可以说是一个资产者，是一个有比较高尚嗜好的乡间绅士。所以，从性情来讲，他和豁达的叔父很为不同。不过，他们两个人又好得出奇。父亲经常评价叔父，说他比自己能干得多，是个可靠的人。父亲还说，像自己这样继承下父母亲财产的人，固有的才干很难得到发挥，也就是说不需要和社会相争，所以挺害人的。母亲也听父亲说过这些话。我也听说过。我觉得父亲这么说好像是在有意提醒我。因为当时父亲特意看着我的脸说：'你要好好记住。'所以，我至今还清楚地记得。如此受到父亲信任、得到父亲表扬的叔父，我怎么能怀疑呢？叔父是值得我骄傲的人。父亲、母亲去世之后，我所有一切都得靠他照料，对于我来讲就不再是简单的骄傲了。他是我的存在所需要的人。

五

"我利用暑假第一次回乡的时候，双亲死后无人居住的我的住宅已经换了新的主人，叔父夫妻住了进去。这是我去东京之前说好的。家里只剩下我一个人了，既然孤零零的我不在家，也只有这么办了。

叔父当时好像与市里的各色公司都有关系。叔父曾经笑着对我说，从业务角度看，生活在以前的住宅要比搬到距离两日里地的我家住方便许多。我父母去世后，我和叔父商量怎么样处理房子，以便我到东京去，这话就是那时从叔父嘴里漏出来的。我的家历史久远，在那一带也有些名气。我想在你的家乡大概也是同样的，在乡下，要是明明有继承人，却还要把有些历史的房屋拆掉、或者卖掉，那可是一件大事。放在现在的我，这根本就不算事情，但当时我还是个孩子，要去东京，又得想着不能让房子弃之不管，结果弄得我非常苦恼，不知如何处置。

没有办法，叔父只好答应搬进我的空屋里。但是他说市里的住宅也要留着，得给他提供方便，他可以两边跑。我根本不可能有什么异议。我当时只有一个心思，不管什么条件，只要能去东京就成。

还是孩子的我，即使离开了家乡，仍然用‘心眼’满怀思念地遥望故乡的家。从根本上讲，我是以旅人的心遥望家乡，觉得那里还有自己能够随时归还的家。我很依恋东京，但是到了假期，回乡的愿望仍然十分强烈。热心学习、愉快游玩之后，我还是经常在梦中见到我认为假期能够回去的故乡的家。

我不知道我不在家时叔父是怎样往返于这两处居所之间。我到家的时候，家里的人都聚集到了一个家里。上学的孩子大概平时都在市里，此时他们被叫到这里，只因放假算是到乡下玩玩。

大家看到我都很高兴。看到家里比父母在世时反倒热闹欢乐，我也很高兴。叔父让我还住我原来的房间，把住在里面的最大的孩子赶了出来。家里有好几处客厅，所以我推辞表示住在其他房间也没有关系。但是叔父说这是我的家，坚持不允。

我除了时时会想起父母亲，那个夏天与叔父一家过得很舒畅，后来我又回到了东京。那个夏天唯有一件事情给我内心留下了阴影，那就是叔父夫妇异口同声劝刚刚上高中的我结婚，大概先后有三四次。一开始，我也只是因为事出突然感到惊讶。第二次，我明确表示拒绝。第三次我不得不反问理由是什么。他们的想法十分简单，只说要我赶快找个媳妇回到这里的家继承去世父亲的家业。我觉得家只要放假能回就行。继承父业，而继承父业就需要媳妇，所以就要娶亲。从道理上讲，这两者都说得过去。这对十分了解乡下情况的我来讲，是能够理解的。而且我也不是绝对讨厌这件事情。不过，我刚到东京修炼，这事就如同用望远镜看东西，在我看来只不过是遥远将来的事情。我没有对叔父的希望做出承诺，最终又离开了我的家。

六

“说亲的事情我就这样忘了。看看我周围年轻人的脸，没有一个人的神情像是拖家带口的，大家都是自由的。而且，所有人都像是独身一人。如果深入其中观察，在这群轻松自在的人里，也许会有人因家庭情况不得已已经娶妻。但是，当时还是孩子的我没有注意到这些。另外，这种人处于特殊境遇，他们也会顾忌四周，小心行事，尽可能不去聊那种和学生无关的圈子内的话题。后来想起来，其实我本身就已经属于这类人了。只不过我连这也不懂得，还是孩子般愉快地走着修学之路。

学年结束的时候，我又提着箱子回到了父母墓地所在的家乡。和去年一样，在父母住过的家里我又见到了叔父夫妻和他们孩子的同样面容。在那里，我又闻到了故乡的味道。这种味道对我来讲仍然是令人怀念的。即使是作为一种打破这一学年单调生活的变化，它无疑也是难得的。

但是，就在这与培育我成长相同的氛围中，叔父突然又把结婚问题摆在了我的面前。叔父只是在重复去年的劝诱，理由也和去年相同。只不过，之前的劝诱没有具体目标，而这次却明确有了关键人物，这让我更加为难。这个关键人物就是叔父的女儿，也就是我的堂妹。叔父说，要是娶了她，大家相互间都很方便，而且我父亲在世时也说过这件事情。我也觉得这样做确实方便，说父亲跟叔父讲过这样的话，那也完全可能。不过，这些都是听了叔父的话我才注意到的，叔父没讲之前我毫无察觉。所以，我很惊讶。虽然惊讶，但正因为如此，我才明白了叔父的希望也是可以理解的。也许是因为我太愚钝，或许事情本来就该这样。其实我不在意这位堂妹是有重要原因的。从小我就常到市里的叔父家去玩。不光去玩，还常在那儿住。因此，从那时起和这位堂妹的关系就很好。你也知道，兄妹之间几乎没有恋爱成功的例子。我这也许是随意夸大了这公认的事实，不过我认为，在一直接触、关系过于密切的男女之间，恋爱所需的能产生刺激的那种清新感觉很容易丧失。闻得香气要在焚香的瞬间，品得酒香要在开始饮酒的刹那，恋爱的冲动也同样存在着时间上这关键难得的一点。如果满不在乎地通过了这一点，那么以后即使变得更加熟悉，也只能加深两人的亲密关系，只会麻痹两人的恋爱神经。我无论如何也不想娶这位堂妹为妻。

叔父对我说如果我坚持己见、那可以等我毕业后再结婚。同时他还说，老话说得好，‘好事要快’嘛，如果可能，最好还是现在定下婚来。我是对人不满意，所以现在结婚以后结婚都是同样的。我又拒绝了。叔父沉着脸，堂妹哭了起来。她不是因为不能和我生活在一起而感到悲伤，而是因为被拒绝了求婚，作为女人很痛苦。由此我很清楚，正像我不爱堂妹一样，堂妹也并不爱我。我又去了东京。

七

“我第三次回乡是在隔年的夏初。和前两次一样，我等不及学年考试结束，便逃离了东京，因为我是如此地想念故乡。你也有这种感觉吧？自己出生的地方，连空气的色彩都不一样，土地的味道也很特别，那里留有父母亲的深深记忆。一年之中只有七八两个月我会在此蜗居，就像钻进了洞穴的蛇，这对我来说是最为温暖最为舒畅的一段时光。

单纯的我并没有因为与堂妹结婚的问题而头疼。不喜欢就拒绝，拒绝了也就没事了，我相信事情就该是这样。所以，尽管我没有委屈自己去满足叔父的愿望，但我并不在乎。在过去的一年里，我从来没有为这件事烦恼过，回乡时仍一如既往地精神饱满。

可回家一看，叔父的态度变了，他不再像以前那样热情地将我搂在怀里。即使如此，回家四五天了，自小磊落大方的我也没有注意到他的这种变化。只是某个时机使我突然感到有些奇怪，不仅叔父奇怪，婶子也奇怪，堂妹也有些怪，就连那个曾给我写信说中学毕业后准备上东京的高等商业学校、要我介绍情况的叔父的男孩也变得很奇怪。

以我的性情，不能不对此进行思索。为什么我的心情会发生如此变化？不，为什么他们会发生这么大变化呢？我突然心生怀疑，是不是死去的父母为我冲洗干净愚钝的眼睛，使我一下子看清楚了这个世界？在心底深处，我坚信即使离开了这个世界，父母仍然和他们在世时一样爱我。当然，即使如此，我也绝没有丧失理智。不过，祖先遗传下来的迷信意识，其力量仍然强大，潜存于我的血液之中，至今大概还潜存着。

我独自一人来到山上，跪拜在父母墓前，一半是为了表达哀悼，一半是为了表示感谢。我觉得自己未来的幸福似乎就掌握在躺卧在这冰冷石头下的他们手里，我向他们祈祷，希望他们保佑我的命运。你也许会笑话我，我觉得被你笑话也是应该的。但是，我就是这么一个人。

我的世界发生了翻天覆地的变化，当然这对我而言并不是第一次。大概十六七岁的时候，我第一次发现这个世界上存在着美丽这一事实，当时我一下子惊呆了。我多少次怀疑自己的眼睛，多少次揉擦自己的眼睛，我在心里高喊：‘啊，太美了！’无论是男是女，十六七岁都是俗话说的春心开始萌动的时候。春心萌动的我第一次欣赏女人，将其视作这个世界美丽的代表。过去对异性的存在视而不见的我，现在突然睁开了眼睛。由此，我的天地焕然一新。

我感知到叔父的态度，大概与此完全相同，也是陡然间感受到的。没有任何预感，没有任何准备，突然就来临了。顷刻间，他和他的家族在我眼里变得和以前截然不同，形同路人，这让我大吃一惊。我觉得，如果就此放任不管，自己的将来还不知会变成什么样子。

八

“我产生一种感觉，觉得过去将家里的财产都放手交给叔父管，而自己对此知之不详，会愧对死去的父母。叔父确实如他所说事务繁忙，每天晚上都住在不同的地方。他两天回到家，三天住在市里，往返于两地，忙乱地度过一天又一天。‘太忙’成了他的口头禅。在没有怀疑前，我也认为他的确很忙。我还颇具讽刺意味地为他解释：‘不显得忙就不够时尚嘛。’不过，此刻我打算花时间和他谈谈财产问题，所以以这种心理再来看他那匆匆忙忙的样子，我只觉得这不过是一个借口，他在躲避我。我很难找到机会和叔父谈一谈。

我听说叔父在市里养着妾，这个传闻是我中学同学时的朋友告诉我的。养妾这事儿，对叔父来讲并不值得大惊小怪。但是父亲在世时，我从来没有听说过这种事，所以还是颇为吃惊。

除此之外，朋友还告诉我不少关于叔父的传闻。其中有一个是，一度大家都以为叔父事业将要失败，没想到这两三年又突然兴盛起来。这也是让我更加疑惑的一个原因。

我终于开始和叔父谈判了。用‘谈判’这个词，也许有些不妥。不过，看一看我们交谈的情况，很自然就会用这个词来形容，除此之外找不到更合适的词。叔父一直把我当小孩子看，而我从一开始就以猜疑的目光注视着叔父。所以，事情根本不可能得到稳妥的解决。

很遗憾，我要继续往下写了，所以无法在此向你详述那次谈判的始末。坦白地说，我下面要写的比这个更为重要。我的笔早就想触及那部分了，我一直拼命压抑它。我永远失去了与你见面慢慢交谈的机会，而我这个人又不擅长执笔写作，同时还十分珍惜宝贵的时间，因此只能省略掉一些自己想写的事情。

你还记得吧？我曾经跟你说过，这个世界上没有一成不变的恶人，许多善人一旦到了关键时刻就会突然变成恶人，所以一定要小心。当时，你提醒我说我很兴奋。而且你还问我，什么情况下善人会变成恶人？我就回答了一个‘钱’字，当时你显得不满意。我清楚记得你那不满意的神情。现在我向你坦白，当时我正在想我叔父的事情。我憎恶这位叔父，觉得他就是普通人看到钱一下子变成恶人的例子，就是这个世界上不可能存在值得信任的人的例子。对于试图闯入思想的深处的你，我的回答也许不能让你满意，也许显得迂腐平庸。但是，对我来讲，这是活生生的答案。现在，我没有激动兴奋。我相信用炽热舌头讲述平凡道理，要比用冷静头脑谈新的事情更为生动。因为身体是靠着热血的力量在运动。因为语言不仅会向空气中传递波动，还会对更强的东西产生更强的作用。

九

"简单地说，就是叔父骗走了我的财产。事情很轻易就发生了，就在我去东京的这三年里。我把一切交给了叔父，放手不管，满不在乎，从世俗意义看，我就是个地地道道的傻瓜。如果从超世俗的角度来评判，或许我还可以说是个纯粹的宝贵的男子汉。回顾当时的自己，我暗自埋怨自己为什么生来不就是恶人呢？为自己过于老实而懊悔不已。不过，同时我又想再次回到那种天生的状态中再活上一回。你要记住，你所知道的我是已经沾染灰尘后的我，如果我们把变肮时间久的人称为先辈的话，那么我确实是你的先辈。

假如随了叔父的愿、与叔父的女儿结了婚，在物质上真的就会对我有利吗？我觉得这根本不用思考。因为叔父把女儿强加给我背后是有野心的。他向我提出婚姻问题，并不是为了行两家之宜，而是其卑劣的利害之心驱使的结果。我不爱堂妹，但并不讨厌她。不过，后来想想，拒绝这桩婚事对我多少还是件愉快的事情。虽说无论怎么讲，被骗的事实不会因此改变，但从受骗者的角度看，毕竟没有娶堂妹还是阻止了对方的为所欲为，由此看来，我还是多多少少坚持了自我。不过，这都是不值一提的鸡毛蒜皮，特别是要让与此毫不相干的你来说，这看上去肯定是在逞强，而且傻乎乎的。

其他的亲戚也掺和起我和叔父的事情。对于这些亲戚，我也是全不相信。不仅不相信，还很敌视。在察觉叔父欺骗我的同时，我认定了其他人肯定也会欺骗自己。就连父亲那么称赞的叔父都如此，更何况其他人了，这就是我的逻辑。

即使如此，他们还是帮我整理了与我有关的一切。这些折算成金额的话，要远远少于我的预期。我只有两个选择，一是老老实实接受这个结果，否则就去和叔父打官司。我愤怒，也犹豫，害怕打官司要花很长时间才有结果。我正在学习，作为学生宝贵的时间被剥夺，将是一件非常痛苦的事情。经过思考，最终我打算请住在市里的中学的老朋友把我拿到的那部分全部换成钱。老朋友忠告我说‘还是算了吧’，但我没有听从。那时，我已经下定决心永远离开故乡，我在心里起誓今后绝不再见叔父那张脸。

离开故乡之前，我又去了父母的墓地。自那以后，我再也没有去看父母的墓，恐怕已经永远没有机会再见到了。

我的老朋友按照我说的为我做了处理。当然，这是我到东京很久以后的事情。打算在乡下卖地，是很难的，而且还要担心有人会乘人之危赖账不给，所以我最后拿到手的钱要比当时的价格少许多。坦白地讲，我的财产只有我离家时揣在怀里的若干公债，再加上这位朋友寄来的那些钱。无疑，父母亲的遗产要比原来留下的减少很多，而且这也不是因我而减少的，所以更让我觉得很不舒服。不过，作为学生的生活费用，这已经足够用了。说实在的，就连这些钱的利息的一半我都用不完。这种富裕的学生生活使我陷入意想不到的境遇。

十

“不缺钱的我，打算离开嘈杂的借宿处，自立门户。但是，那比较麻烦，既要购置过日子的用具，还要请个老太太帮助料理生活，而且这老太太还得是个老实人，家里没人的时候能够把一切放心地交给她。这样的话，轻易实现这种想法就有很大难度。一天，我出门漫无目的地找房子，边散步边走走看。由本乡台往西下行，再沿着小石川的坡路一直前行，最后往上走，我来到传通院一带。自从这里成了电车道，周边的状况大为改观，当时左手是炮兵工厂的土墙，右边是一片说不上是平原还是丘陵的空地，上面长满了草。我站在那片草里，漫无目的地瞭望对面的山崖。即使是放在今天，那景色也是很不错的。当时，再往西去，景致更是别具一格。一眼望去，茂密高深的绿草让人心旷神怡。我突然想到，这一带说不定就有合适的房屋。于是，我径直穿过草地，顺着小路向北走去。那边的排排房屋今天还是嘈杂不堪，至今也没变成像样的街镇，当年就更不要提了，极为肮脏。我穿过小巷，拐过胡同，走来绕去，最后向一位卖粗点心的老板娘打听，问她这一带有没有小点儿的房子出租。老板娘歪着头想了想，说：'这租房嘛……'看样子没有想到什么。我觉得没有戏了，转身要走，就在这时，老板娘问我：'不是专门出租房的，行不行？'我转念一想，一个人住在安静的住户家里，省去了买房的麻烦，倒也不错。于是，我在那家粗点店坐下，向老板娘详细打听了一下。

那是一家军人家属，准确地说是军人遗属住的房子。老板娘说，那家人家的丈夫好像是在日清战争[①]时还是什么时候死

① 中日甲午战争，日本称之为"日清战争"。

的。据说，大约一年以前，他们住在市谷的士官学校旁边，有马厩什么的，房子很大，后来卖掉了那处房子搬到了这里，由于人口少感觉孤单，所以就求老板娘碰上合适的人就给介绍介绍。老板娘明确告诉我这人家只有未亡人和一个女儿，还有女佣，再没有别人了。我想这一定很清静，正合我意，但也有些担心，觉得就这样突然登门，人家该不会因为我是个来历不明的学生马上就拒绝掉吧？我想还是算了吧。不过，我虽说是个学生，但穿得却并不那么寒酸，另外还戴着大学的制帽。你一定会笑话我，反问戴大学制帽又有什么？要知道，那时的大学生和现在的大学生可不一样，在社会上信任度相当高。有时候，在这种四角帽上我都能找到某种信心。接着，我按照点心铺老板娘的指点，没有经过任何介绍，就直接找到这家军人遗属的家里。

见到未亡人，我说明了来意。未亡人问了我许多问题：我的出身来历、学校、专业等等。最后，她大概掌握了能够保证不出问题的几点，随即便表示我什么时候搬来都可以。未亡人是个规矩人，办事很干脆利索。我很佩服她，觉得军人的妻子大概都是这样子。我既佩服，也惊讶，甚至还有些怀疑，这样脾气的人怎么会感觉孤单呢。

十一

“我很快就搬到了这家里。我借住的房间，就是第一次来和未亡人谈话的客厅。这是整个住宅里最好的一间房。那时，本乡那边渐渐建起了高级出租房一类的房子，所以我了解学生能够占据的最好的房间是什么样子。我成为新主人的这间房，要比那些出租房的房间好得多。刚搬进去时，我都觉得住在这间房对于作为学生的我有些奢侈。

房间有八叠大小，壁龛旁边有一个高低架，沿廊对面是一间[①]长短的壁橱。虽然一扇窗户都没有，但是明亮的阳光能强烈地照在北面的沿廊上。

我搬来的那天，看到房间的壁龛处放置着插花，插花旁边悬挂着琴。这两种东西我都不喜欢。我父亲欣赏汉诗、书法、煎茶，我是在这样的父亲身边长大的，所以自小就对古老中国抱有一定的兴趣，也许就是这个原因吧，我不知不觉就沾染上一种毛病，轻视这种妖艳的装饰。

我父亲在世时收集了一些古董，大都被我那个叔父毁掉了，

① 此处的“间”为长度单位，1 间约等于 1.818 米。

不过也多多少少保留下来一些。我离开家乡的时候，请中学的老朋友代为保管，只从中选了四五幅有意思的古画，卸下挂轴，放在箱子底层带到了东京。我打算搬到这里后，就取出来挂在壁龛上欣赏。可是，看到这琴和插花后，我突然就失去了勇气。后来听说才知道，这花是为欢迎我特意插的，这让我暗自苦笑起来。当然，琴是以前就挂在那里的，大概是无处可放，不得已才一直挂在那里。

这么一说，你的脑海中很自然就会掠过年轻女人的身影吧？搬到这里的我，在没搬之前就已经萌生这份好奇了。也许是因为这种邪气已提前损伤了我的自然，也许是因为我还不习惯接触人，反正第一次见到这里的小姐时，我和她打招呼都是结结巴巴的，而小姐也是满脸通红。

在此之前，我是根据未亡人的风采、态度来推想这小姐的一切。当然，这种推想对小姐而言并不有利。在我看来，正因为是军人的妻子未亡人才会这样，那么这军人妻子的女儿也应该会是同样的，我就是按照这种逻辑推衍下去的。可是，在见到小姐的一瞬间，我这种推测就被彻底推翻了。过去从未想象到的异性气味涌入我的脑中，使我不再厌恶壁龛正中插着的鲜花，也不觉得悬挂在壁龛上的琴碍手碍脚。

那花枯萎了便会重新插好，到时总有人办，很有规律。那琴也经常被拨琴人搬到拐角斜对面的房间里。我在自己起居室的桌子上托着两腮，倾听弹奏的琴声。我不知那琴的弹奏水平高低，但从她很少弹奏复杂的曲调来看，我觉得水平大概不高，也就是插花那种水平。对于插花我还是懂的，小姐的水平绝不算高。

尽管如此，各种花还是毫不客气地装饰在我的壁龛上，插花的样式总是一种，花瓶也从来没有变换。不过，说起那音乐来，它比插花更要奇怪，只能听到嘣嘣的拨弦声响，根本听不见唱歌的声音。她不是不唱，而是声音小得就像在说悄悄话。而且，一挨说就根本唱不出来了。

我很高兴观赏这拙劣的插花，很喜欢倾听那蹩脚的琴声。

十二

“离开故乡时，我的心情已变得厌世了。当时，我觉得自己骨子里已经渗透了他人不可依靠的观念。我开始把我所敌视的叔父、婶子以及其他亲戚看作人类的代表。就连坐火车时，我也开始不经意地打量起旁座的人，偶尔有人同自己搭讪，我便会更加警惕。我的心变得忧郁起来，常常显得十分沉重，就像吞咽了铅块似的。尽管如此，就像刚才我所讲的那样，我的神经十分锐敏。

回到东京后之所以要离开原来的借宿处，我觉得其中一个很大的原因就在这里。如果只因为不缺钱就打算自立门户，那倒也可以这么说。可是事实上，以前的我，就算浑身都装满钱，也懒得做这种麻烦事。

搬到小石川后一段时间，我这紧张的心情也没有得到缓解。我东张西望，惊慌失措，就连自己都为自己感到羞耻。我默默地坐在桌前，像猫一样经常观察家里人的情况。我这么毫不松懈地注视着她们，有时都觉得很对不住她们。我觉得自己就像一个不偷东西的扒手，有时甚至自己都厌恶自己。

你一定觉得有些奇怪吧？既然这样，我为什么还有时间去喜欢这家的小姐？为什么还会高高兴兴欣赏那小姐的拙劣插花？为什么还有工夫乐乐呵呵倾听那位同样蹩脚的琴声？你要是问这些的话，我只能告诉你这两方面都是事实，我告诉你的就是事实本身。至于怎么解释，全都由你，你是有头脑的。在此，我再补充一句：在钱的方面我虽然怀疑人，但在爱情方面我对人还不怀疑。所以，有些事情别人看起来很怪，有些事物我自己也会觉得很矛盾，即使如此，它们在我心里也是各有各的位置。

我经常把未亡人叫作夫人，所以下面就不再称呼她为未亡人，而叫作夫人。夫人评价我是安静的人，老实的人，还表扬我爱学习。不过，对我不安的眼神、紧张不安四处张望的样子，夫人一句话也没有说。我说不清楚到底是因为没有注意到呢，还是不好意思说。看上去，她似乎并没有注意到这些地方。不仅如此，她的言谈中还流露出对我的尊敬，有时她会说我为人大方。当时，我心眼很直，听到这话脸上有些发红，马上否定了对方的话。于是，夫人很认真地解释说：'你这么说，是因为你自己没有注意到。'一开始，夫人似乎并不打算收留我这样的学生住在家里，她曾经请邻居帮忙介绍房客，准备把房间租给在政府部门工作的人。所以，很早以前夫人的头脑中就有了一种印象，租住她家房屋的人往往会是那些薪酬不高的人，他们往往是不得已才租住这种平常人家的房子。夫人之所以表扬我为人大方，是将我和她自己想象的房客进行了比较。如果和那些过着缩衣节食生活的人相比，我在金钱方面也许的确很大方。不过，这并不是品格的问题，这和我的内部生活几乎没有任何关系。夫人正因为是女人，所以才将其推而广之，以同一个词汇评价我的整体。

十三

"夫人的这种态度自然而然影响到我的心情。过了一段时间，我的眼神已经不再像以前那样游移不定。我也能够感觉到，自己的心已经老老实实稳定在自己坐着的地方。总而言之，夫人和家里的人根本没有理会我乖戾的眼神、疑神疑鬼的模样，这带给我很大的幸福。对方对我的行为没有任何反应，这使得我的神经渐渐平静。

我觉得夫人颇有心计，是故意如此待自己，又猜测也许正如她自己所说，经过观察她的确认为我为人大方。或许自己心眼窄只是头脑中的现象，并没有特别表现在外面，说不定这让夫人看走了眼。

随着内心的平静，我渐渐和家里的人亲密起来，无论是和夫人，还是和小姐，都能谈笑风生。白天有时她们还请我到对面的房间喝茶，晚上有时我会买来点心招待她们两人来我这里。我感觉自己的交际范围突然扩大了。因此，有好几次宝贵的学习时间都被浪费掉了。不可思议的是，对于这种妨碍，我根本不觉得有任何影响。夫人本来就是个闲人，按说小姐又要上学又要插花、学琴，一定很忙，没想到她显得也很有时间。所以，三个人只要见到面就会聚在一起闲聊着玩。

来叫我的大致都是小姐。小姐有时会顺着沿廊拐个直角站在我的房间前，有时会穿过起居室在紧邻的房间从隔扇门后露出身影。小姐来时，总要先站一小会儿，然后再叫我的名字，问我：‘在学习吗？’我一般都是在桌子上展开一本不好懂的书，两眼盯着上面，在旁人的眼里，我一定像个勤勉学习的人。不过，说真的，我并没有那么专心地研究书籍。我往往是眼睛盯着书页，心里却盼着小姐来叫我。如果等她而她不来，我就只好站起身来，到对面的房间去主动问：‘你在学习吗？’

小姐的房间有六叠大小，紧靠起居室。夫人有时在起居室，有时在小姐的房间。也就是说，这两个房间就算有隔断，但也和没有差不多。她们母女来来往往，随便利用。我从外面一打招呼，肯定是夫人应答‘请进’。小姐就是在那儿，也很少答话。

渐渐地，小姐偶尔有事单独来我房间，也会顺便坐下来聊天。每逢这种时候，我心里就会莫名地感到不安。我并不觉得这不安是因为与年轻女人这样面对面坐着而产生的。不知为什么，我总是心慌意乱，一种自己背叛自己的不自然感在折磨着我。但是，对方却若无其事，毫不羞涩，让人怀疑这真是那个练琴时不敢大声唱的女人吗？有时待的时间太久，母亲会从起居室唤她，她也只是答应一声，迟迟不肯起身。虽说如此，但小姐可绝不是小孩子。对此我看得很明白。她的举止间留下一些明显的痕迹，想要让我明白这一点。

十四

“小姐走后，我才松了一口气。同时，我又会有种没着没落、十分愧疚的心情。我或许很像个女人，在你这个现代小青年眼里，大概就更像了。不过，那时候我们大都是那个样子。

夫人很少外出，即使偶尔不在家，她也不会把我和小姐两个人留在家里。我不知道这是偶然，还是故意。从我嘴里讲出来有些不太合适，依我对夫人的仔细观察，夫人似乎在有意让自己的女儿和我接近。可有些场合，她又好像在暗里警惕我。一开始碰到这种情况时，我的心情常常很不好。

我真希望夫人能够明确自己的态度，因为从头脑的功能来说，这两种态度无疑自相矛盾。但是，我对叔父的欺骗记忆犹新，又不能不做出进一步的怀疑。我揣测夫人态度中究竟哪一种是真的，哪一种是假的，但犹豫不定，无从判断。不仅无从判断，我还无法理解她为什么要做这种奇怪的事。我很想找出其中的原因，却怎么也找不到，有时只好归罪于‘女人’这两个字，敷衍了事。‘毕竟是女人、所以才会那样’，‘女人都是蠢材’，每当我的思考陷入绝境，最后总会落到这个结论上。

我看不起女人，却怎么也无法看不起小姐。我的逻辑在她面前根本不起任何作用。我对她的爱几乎近似于信仰。看到我把只用于宗教的词汇用在了年轻女人身上，你也许会觉得很奇怪。可是，我至今坚信，坚信真正的爱和宗教信仰并无不同。每当看到小姐的脸，我都会觉得自己变得美丽，一想到小姐，我就会马上体会到一种崇高的情感。如果说爱这种不可思议的东西有两端，高的一端是神圣在作用，低的一端是性欲在作用，那么我的爱的确捕捉到了最高的一点。我原本就是普通的人，离不开肉欲。但是，注视小姐的我的眼睛，思考小姐的我的内心，却不带有丝毫肉欲的味道。

对女儿的母亲我抱有反感，但对母亲的女儿我却增加了恋爱的热度，我们三个人的关系从我借宿开始就变得越发复杂。当然，这种变化几乎都在内心里，并没有表露在外。渐渐地，一次偶然的机会使我改变了想法，觉得自己以前说不定误解了夫人。经过我的观察，我认为夫人对我的矛盾态度大体是真实的，它们不是交互地支配夫人内心，而是时时刻刻同时存在于夫人心中。夫人一方面想让小姐接近我，同时又对我保持警惕，这看似矛盾，但实际上夫人对我保持警惕时，并没有忘记、也没有推翻她的另一种态度，仍然试图促使我们两人接近。在我看来，她只是忌讳两人的密切接触超出她自己认定的正当范围。我对小姐从没有萌生过肉欲方面的非分之想，所以当时才会觉得夫人的担心大可不必。不过，自此以后，我不再恶意猜想夫人了。

十五

“从许多方面综合夫人的态度，我确认了这样的事实：在这家里自己受到了充分信任。我甚至还发现了能够证明从第一次见面时这种信任就存在的证据。在开始怀疑他人的我的内心里，这种发现显得有些奇异。我觉得比起男人，女人更富于直觉。同时，我还觉得女人之所以会受男人欺骗，原因或许也就在此。我这样理性地观察夫人，而面对小姐时直觉同样也在发挥巨大作用，现在想起来很是奇怪，实在可笑。因为我在心里发誓不再相信他人，可对小姐却持有绝对信任。因为虽然对小姐如此信任，可我还是觉得对我保持信任的夫人十分奇怪。

我没有向她们多谈自己家乡的事情，特别是对此次事件更是什么也没说，我甚至在脑子里想一想这些事情都会感到很不愉快。我尽可能努力听夫人一个人讲，可是对方却不满足这样，夫人一有机会就想了解我家乡的事情。最后我终于把一切都讲了出来。我告诉夫人，我不会再回家乡，就是回去也没有任何意义，那里有的只是父亲和母亲的坟墓。此时，夫人显得非常感动。小姐哭了起来。我觉得讲出来真好，我真高兴。

听了我的一切，夫人脸上显出自己的直觉果然没错的神情。自此以后，夫人待我就像待自己亲戚中的年轻人一样。我没有生气，反而感到很愉快。可是，渐渐地我的猜疑心又冒了出来。

因为极为琐屑的小事，我开始猜疑夫人。但是，这些琐屑小事堆积起来，我的疑惑也就渐渐扎下了根。也不知是为什么，我突然产生了这样的想法：夫人努力让小姐接近我，是不是出自于与我叔父相同的想法？于是，过去显得亲近的人，在我眼里一下子就变成了狡猾的阴谋家。我紧紧咬住苦涩的嘴唇。

从一开始，夫人就公开表示，因为家里人少孤单，才租房照料房客的。我也认为这并不是谎言。关系熟悉后，听夫人讲了许多私房话，我觉得这一点不必怀疑。不过，当时大家经济状态普遍都不算富裕，所以从利害关系的角度看，与我建立了特殊关系的话，她们绝不会吃亏。

我又开始保持警惕。但是如前所述，对母亲的女儿我爱得那般热烈，对女儿的母亲我的警惕又有什么用？我嘲笑自己，有时也会骂自己是个傻瓜。不过，如果仅仅是这点儿矛盾，我就算是个傻瓜也就感觉不到什么痛苦了。我的烦恼是在碰到一个疑问后才产生的，我怀疑小姐是不是也和夫人一样是个阴谋家。一想到一切事情都有可能是她们两人背后商量好后再干的，我顿时觉得痛苦不堪。不是不愉快，而是那种无路可走的绝望感觉。尽管如此，我仍然单方面地对小姐坚信不疑。所以，我站在信任和怀疑中间，无法做出抉择。因为在我看来，无论哪一点都是想象，无论哪一点又都是真实。

十六

“我仍然还去学校，但是站在讲台授课的人的声音，在我听起来好像非常遥远。学习也是如此，映入眼帘的铅字还未沉入心底，就烟消云散了。另外，我变得寡言少语了。我的两三个朋友对此产生了误解，便和其他朋友说我好像沉溺于冥想。我不想消除他们的误会，觉得有人借给自己合适的假面具，反倒是种幸福，心里很高兴。不过，我也会常常觉得对不住他们，有时会发作性地闹腾一番，弄得他们大吃一惊。

我住的这家很少有人进进出出。她们的亲戚也好像不多。小姐的同学偶尔会来玩，但是她们聊天的声音很小，经常分辨不出在不在房间。到这里来拜访我的人虽然并不是什么粗野的人，但没有一个客客气气在意家里人的。在这方面，我倒像成了主人，而人家小姐却像是跌落到食客的位置。

当然，这只不过是我在回忆中顺便写的，实际上都是无所谓的小事。不过，这其中有一点还是‘有所谓’的。有时我会突然听到起居室，也许是小姐的房间里，传来男人的声音。那声音和我的客人不同，压得很低。所以，我听不清楚他们在说什么。就这样，越是听不清楚，就越会刺激我的神经。我坐在那里，开始莫名其妙地焦虑起来。我先推测他可能是她们的亲戚，或许是她的普通熟人，后来又琢磨这来者是年轻人还是上年纪的人。可是，这么坐着，怎么可能知道？话虽如此，可我也不可能站起身，去拉开门看看。我的神经可不是在一般地颤抖，而是掀起波澜，敲打着我，折磨着我。客人走后，我必定会问问客人的姓名。小姐和夫人的回答又非常简单。虽然在她们两人面前我显出不满足的神情，但却没有勇气继续追究直到自己满足。当然，我是没有这种权利的。在她们面前，我那来自我受到的‘必须重视自己品格’的教育的自尊，以及背叛了这种自尊的贪婪面目，一齐显现了出来。她们笑了，也许这不是嘲笑，是出自好意，或许她们打算显示出好意，我失去了平静，难以立刻对此做出客观的解释。事情就这样结束了。事情结束后，我心里反反复复地对自己说：我总是被她们取笑，她们是在取笑自己吧。

我的身体是自由的，不管是中途辍学，还是到什么地方怎么生活，即或是和随便哪儿的随便哪个人结婚，我都没有必要和任何人商量。在此之前，我曾经几次下决心，想壮起胆子跟夫人说，请她把小姐嫁给我。但是，每次我都踌躇犹豫，最终还是没有说出口。我不是害怕被拒绝，虽然我不知道如果被拒绝，我的命运会发生什么变化，但是它会提供一种可能，使我站在以前不同的角度环视新的世界。这点儿勇气我还是有的。但是，我厌恶遭到诱骗，更生气被人算计。受过叔父欺骗的我，下定决心，无论今后发生什么事情，都不会再受人欺骗了。

十七

“看到我光买书，夫人要我多少做些和服。实际上，我只有乡下织的那种棉的。当时的学生都不穿丝绸做的和服。我有一个朋友，家里好像是横滨的商人，生活很排场，有一次他家里给他寄来一件薄绸衬衫，结果，大家看到后都大笑起来。那个人不好意思百般辩解，最后把挺好的衬衫压在了箱底，不再使用。后来大家又都拥了上来争着穿这件衣服，结果很不幸，这件衬衫上招上了虱子。朋友也许觉得这样正合适，便把那件衬衫卷了卷，散步时顺手就扔到了根津一带的大泥沟里。当时，一起散步的我站在桥上笑着观看朋友的所为，心里一点儿也不觉得有什么可惜的。

和那时相比，我已经成了大人，但是自己还不太会做外出用的和服。我有个奇怪的想法，觉得只要毕业蓄胡子的时代没有到来，就用不着操心自己的穿着打扮。所以，我就和夫人说，我需要书籍不需要和服。夫人知道我买的书有多少，所以就问我买的书你都看吗？我买的书也包括字典，当然应该都看一看的，不过确实也多少有些没有翻看过的，所以我无言以对。此时我发现，反正都是买用不着的东西，买书也好买衣服也好都是同样的。而且，我还想借着感谢她们的诸多关照的名义，为小姐买些她喜欢的和服衣带或者布料。所以，我就把一切交给了夫人。

夫人并没说自己一个人去，她要求我也一起去。她还说小姐也得去。我们这些人是在和今天不同的氛围中长大的，作为学生还不太习惯和年轻女人一起闲逛。当时的我与今天相比，还是习惯的奴隶，所以多少有些犹豫，不过最后还是索性一起出门了。

小姐出门时盛装打扮，她原本白皙的皮肤涂了很厚的白粉，格外吸引人的眼目。路上行人走过时都盯着她看。那些看到小姐的人都要移转视线再看看我，很是令人奇怪。

我们三个人来到日本桥，买了想买的东西。买的时候，想法不断变，所以比预想的多花了些时间。夫人还特意叫我的名字询问我的意见。有时候，她还把布料从小姐的肩上竖立到胸前，让我退后两三步看一看。我每次都好似在行地说，这个不行，那个挺合适。

就这样花了很长时间，要回家时已经该吃晚饭了。夫人把我带到一条狭窄的胡同里，说为了谢谢我要请我吃饭，这里有一家叫作木原店的寄席[①]。胡同很窄，请我吃饭的店也同样狭窄。我对这一带很不熟悉，所以很为夫人知识广博而惊讶。

入夜以后，我们回到家里。第二天是星期天，我憋在屋里待了整整一天。星期一刚到学校，一大清早我就被一位同学调侃一番。他故意问我什么时候娶的老婆，还大加赞赏说我的老婆真是个美女。看样子，那家伙在什么地方看到了我们三个人去日本桥的状况。

十八

“我回到家，把这件事讲给了夫人和小姐听。夫人笑了，看着我的脸说：‘一定给你添了麻烦。’我当时心里想，男人难道就是这样被女人诱导的吗？夫人的眼神里流露出的意味足以让我这么想。也许当时我直截了当地说出自己心里想的就好了。但是，我身上已经附着了‘狐疑’这一不清爽的东西，我虽然

---

① 曲艺场。

想直抒胸臆，但还是欲言又止，并且故意转移了话题。

我在交谈中有意剔除了自己这个关键人物，而且打探了一下夫人对于小姐结婚的想法。夫人明确告诉我两三件与此多少有关的事情。不过，她解释道，小姐还在上学，年纪也轻，所以还不那么着急结婚。夫人虽然没有说出口，但看上去还是很在意小姐的姿色。她甚至还流露出小姐的婚事要是想定下来随时都能定下来的意思。另外一个舍不得把小姐嫁出去的原因，就是她只有小姐这一个女儿。我觉得夫人好像还在犹豫，究竟是把女儿嫁出去还是把女婿招进来。

与夫人说话之间，我从夫人那里学到了不少知识。但是正因为如此，结果是我失去了一次机会。最终我一句话也没能谈到自己。我打算找个时机结束交谈返回自己的房间。

小姐刚才一直坐在旁边，还在笑着说‘你们太过分了’，不知什么时候她已坐到对面的角落，背朝着我们。我要起身时回头一看，看到了她的背影。光凭背影是不可能读懂人心的。对这个问题小姐怎么看，我也说不明白。小姐坐在柜子前面，像是从柜子打开的一尺左右的间隙中取出了什么东西放在了膝盖上，正在看着。我的眼睛在柜子间隙的一端发现了昨天买来的布料。我的和服、小姐的布料都叠放在同一个柜子的角落里。

我什么也没说，正要起身离座，就在此时夫人突然语气郑重地问我：‘你怎么想？’夫人的问话太突然了，以至于不得不反问一句：‘想什么？’否则就弄不清楚她的意思。我弄明白了她是在问是不是该早些把小姐嫁出去，便回答道：‘还是慢慢来为好。’夫人说她自己也是这么想的。

就在夫人、小姐和我处于这种关系的时候，另一个男人又不得不加入到我们中间。这个男人成了这个家庭的一员，其结果为我的命运带来了非同一般的变化。假如没有这个男人从我的生活道路上横穿而过，恐怕我就没有必要给你写下这样长的东西。我束手无策地站在魔鬼通过的前面，它瞬间的影子会使我一生陷入黑暗，但对此我却浑然不知。坦白地讲，是我自己把这个男人拉进了这个家门。当然，这还需要得到夫人的允许，所以我一开始就一五一十毫无掩饰地讲清了一切，请求夫人应允。可是，夫人却对我说‘算了吧’，我有充分的理由必须带他进来，可面对夫人的阻拦却没有一点儿道理可讲。所以，我还是执意做了自己认为好的事情。

十九

“在这里，姑且把我的那位朋友称作 K。我和 K 自小就是好朋友。‘自小’这个词，我想不用说明你也明白吧。我们两个是同乡。K是真宗的和尚之子。当然，他是次子，不是长子。所以，他被送到一位医生家里做了养子。我出生的地方，本愿寺派的势力十分强大，真宗的和尚和其他人物相比，物质上比较富裕。举个例子，比如说有个和尚，他有个女儿，假定这女儿到了适嫁年龄，就会有施主来说媒，把她嫁到合适的人家。当然，费用是不用和尚掏腰包的。因此，真宗寺大都很富裕。

K出生的这一家也过着相对富裕的生活。不过，他们是否有余力把次子送到东京上学就很难说了。至于究竟是不是因为方便出外学习才商定去做养子的，这我也说不清楚。总而言之，K到医生家做了养子。这还是我们上中学时的事儿，我至今还记得老师在教室点名时，听到K的姓突然变了，我大吃一惊。

K去做养子的那家也非常有钱。K就是拿那家的资助学费去的东京。他不是和我一起来的，但到东京以后我们马上就住在了同一借宿处。当时，一个房间经常是住两三个人，桌子并排摆在一起。K和我也是两人同住一间房。我们就像是在山上捕捉到的动物，在笼子里拥在一起向外瞭望。我们两个都害怕东京和东京人。虽说如此，在这六叠大的房间中，我们却说着傲视天下的大话。

不过，我们都是认真的。实际上，我们都想成为大人物。

特别是K，他的愿望更为强烈。生在寺院的他，总是爱使用‘精进’[①]这个词。在我看来，他的所有行为都可以用‘精进’一词来形容。在心里，我总是敬畏K。

从中学时期起，K就用宗教、哲学等一些艰涩问题为难我。这是他父亲感化的结果呢，还是自己出生的家、即寺院这种特殊建筑带来的氛围影响的结果呢？我并不清楚。总而言之，我觉得他比普通和尚更具有和尚的性格。原本，养父母家让他去东京是想把他培养成医生。然而，倔强的他却抱着绝不当医生的信念去东京的。我诘问他：‘这不是等于在欺骗你的养父母吗？’胆大的他回答道‘是的’，并且说‘为了道，我不在乎做这些事情’。他当时使用的‘道’这个词，恐怕他自己也不很懂得。当然，我也不能说懂得了。不过，对于年轻的我们，这个莫名的词汇听上去很珍贵，即使不明白，我们也会在崇高的心情支配下向其进发，在这种热情中我们不可能看到卑劣。我赞成K的说法，但我的赞成对于K来讲到底有多大力量，我也不清楚。据我观察，无论我怎么反对，执拗的他肯定仍然要把自己的想法贯彻到底。不过，我那时虽小却很清楚，万一出现问题，表示过声援的我多少还是要承担些责任的。虽然说当时

① 这个词汇作为佛教语使用时，表示精进、修行、一心修行等意。在日常用语中表示专心致志、集中精力。

我并没有这么深的认识，但今天当我以成年人的眼光回首过去时，可以发现当年我表示赞成时还是意识到了自己应承担的相应责任。

二十

“K 和我进了同一学科。K 若无其事地用养父母寄来的钱开始走自己喜欢的道路。我们只能认为，K 的内心同时存在着两样东西，一是放心，觉得他们根本不会知道；二是大胆，就算他们知道了又能怎么样。K 比我还满不在乎。

第一个夏天，K 没有回家。他说他在驹込的一个寺院租了间屋子，要在那儿学习。我回到东京已是九月上旬。他果真把自己关在了大观音旁一座脏乎乎的寺院里。他的房间紧靠正殿，虽然只是一间狭小的屋子，但他很高兴，因为在那里他能够随心所欲地学习。当时，我觉得他的生活越来越像个和尚了。他在手腕上戴了一串珠子。我问他这是干什么用的，他用大拇指一个两个三个地数给我看。他好像每天都要数珠串上的珠子，不知数多少遍。不过，我不明白他数珠子的意义。把圆形的串珠一个一个地数下去，无穷无尽没有终结。K 将在何处以何种心情停下自己捻珠的手呢？这虽然是件小事，但我总是在心里想起它。

我还在他的房间里看到了《圣经》。我记得他以前多次说到佛经的名字，却从来没有问过也没有回答过基督教的问题，所以这使我有些惊讶。我不能不问他这是为什么。K说不为什么，同时又说：‘既然这本书那么为人们珍爱，读一读也是很正常嘛。’另外，他还说要是有机会，他还要读读《古兰经》。他好像对穆罕默德和剑这类词颇有兴趣。

第二年夏天，家里来信催他，他才回家。回到家，他好像只字未提他的专业。家里好像也没有注意到这点。你是受到过学校教育的人，所以应该理解这些情况。但是，社会上对学校生活、学校规定之类的东西简直是惊人的无知。在我们看来很普通的事情，也很难为外部的人所理解。比较而言，我们总是在呼吸内部的空气，所以容易扩大想象，觉得校内的事情无论大小都会为社会知晓。在这点上，K要比我了解社会。他又若无其事地返回了东京。离开家乡时，我也和他同路。刚一上火车，我就问K：‘怎么样？’K答道：‘不怎么样。’

第三个夏天，正好是我决心永远离开父母坟墓所在地的那一年。那次，我劝K一起回乡，但他没有答应，他说这每年回家能干什么。看样子，他还是要留下来学习。没有办法，我只好一个人离开了东京。在家乡度过的两个月，对于我来讲是何等波澜起伏，这在前面已经写过，就不再重复。我心里装着不平、忧愤和孤独，又在九月份见到了 K。结果，他的命运也和我一样发生了巨变。他在我不知情的情况下给他的养父母去了信，主动坦白了自己的欺骗。据说他一开始就做好了这样的准备。也许他还有打算，想让对方觉得无可奈何，放弃原来的想法，只好按 K 的意愿去办。总之，他好像是不想上了大学还继续欺骗养父母。也许他是看明白了，觉得继续欺骗也不会持续多久。

二十一

“看到 K 的信，养父非常生气，马上就寄来一封言辞激烈的回信，表示不会再给欺骗父母的混账东西寄钱资助了。K 把这封信给我看，不久又拿来亲生父母给他的信。这封信里的严厉斥责绝不亚于上一封信。也许是觉得情理上对不住养父母家，信上写着：‘你的一切，我们概不负责。’K 究竟是通过这一事件恢复原籍，还是寻求妥协仍然留在养父母家，这都是今后要解决的问题，眼下迫在眉睫要解决的是他每个月所需要的学习生活费用。

我问 K 对这方面有什么考虑，K 回答我打算到夜校当老师。当时和现在相比，社会还是格外宽松的。所以找份副业打工，并不像你想象得那么难。我考虑，K 靠这份工作生活是没有问题的。不过，我也有我的责任。因为在 K 辜负养父母的希望、选择走自己要走的路时，我也是赞成的。我不能袖手旁观、视而不见。我当场就表示在物质上给他资助。结果，K 二话没说就回绝了我。以他的性格，他更喜欢自谋生路，这要比在朋友的保护下立身痛快许多。他说，既然上了大学，就得自己一个人努力，否则就不是男人。我要履行自己的责任，不忍刺伤 K 的感情，于是不再管他，让他按照自己的想法去办。

不久 K 就找到了他希望的工作，但是对于惜时如金的他，无须想象也能知道这份工作该是多么痛苦。他一如既往地学习，毫不松懈，背着新的负担突飞猛进。我担心他的健康，但坚强的他只是笑笑，并不理会我的提醒。

同时，他和家里的关系渐渐变得复杂起来。他没有空余的时间，被夺走了和我交谈的机会，所以我最终也没有听他详细谈谈事情的来龙去脉。我只知道要解决他们之间的关系越来越困难，还知道有人曾经帮他们调解过。那个人写信催 K 回家，可 K 却说反正最后还是不成，没有理会。K 虽然只是表示现在正上课没办法回去，可在人家看来这就是倔强，看起来就是他这倔脾气把事情弄得越发不可收拾。他不仅伤害了养父母家的感情，也惹得生父母家怒气冲天。等我十分担心写信帮助他们缓和关系时，已经回天无力了。我的信石沉大海，没有得到任何回音。我也生气了，过去我是情非得已时才会同情 K，从那以后我也不管他是否在理，凡事都站在 K 的一方。

最终，K 决定恢复原籍，养父母给他出的学习费用由生父母家偿还。不过，今后的一切得由他自己解决，生父母家不再管他。按以前的话讲，这就是被扫地出门了。或许还到不了这么严重的程度，但他本人却是这么解释的。K 的母亲不在了，他的性格确实可以看作是继母养育的结果。我觉得，他的生母要是还活着，说不定他和生父家不会有如此大的隔阂。不用说，他的父亲是个僧侣，但在义理人情上，我觉得他有些地方倒很像个武士。

二十二

"K 的事件告一段落后，他的姐夫给我来了一封长信。K 去做养子的那家是这个人的亲戚。K 和我说过，介绍他去的时候，让他恢复原籍的时候，这个人的意见都起了很大的作用。

信上请求我告知 K 后来的情况，另外还提出一个要求，要求尽快回封信，他姐姐很担心他。比起继承了寺院的哥哥，K

更喜欢出嫁的这位姐姐。他们虽然是一奶同胞，但姐姐的年龄和K相距很大。所以，对儿时的K来说，这个姐姐要比继母更像真正的母亲。

我把信给K看了，K什么也没说，不过他告诉我姐姐也给他写了两三次信，大意相同。K每次都回信说不必担心。不巧的是，这个姐姐嫁的人家生活也不富裕，即便再怎么同情，也无法在物质上帮助自己的弟弟。

我给他的姐夫写了回信，表达了和K同样的意思。在信中我言辞坚定地表示：万一有什么事情，我会尽力帮他，请他们放心。这说到底只是我个人的想法，当然里面也包含一份好意，想让担忧K今后生活的姐姐放心，同时也想向他的生父家、养父母家显示自己的志气，他们对我的态度只能让我理解成是对我的轻视。

K恢复原籍是在一年级时，由此到二年级中期大约有一年半的时间。这一年半来他都是以一己之力支撑自己的生活。不过看得出来，过度的体力消耗渐渐地影响了他的健康和精神。当然，是否离开养父母家这个烦人的问题也在影响着他。他渐渐地变得易于感伤起来。有时候，他会讲唯有自己独自背负着世上不幸之类的话，而一旦你否定了这种说法，他就会激动发火，就会焦虑不安，觉得未来的光明在渐渐远离他。一般来说，开始做学问时，任何人都会拥有伟大的抱负，踏上新的征程。可是，过了一年、两年，接近毕业时，就会突然发现自己的脚步缓慢，有一半人会在此时感到失望。其实这很正常，K也是如此。但他的焦虑要比普通人格外激烈。最终，我觉得需要专心让他的心情平复下来。

我劝他不要再做那些无关的事了，并忠告他目前最好是放松身体，多玩玩，这对伟大的将来是有益的。K相当倔强，我早就料到他不会轻易听进去。实际上跟他一说，结果比自己预想的还要费力，根本说服不了他，让我很是头疼。K只是坚持说，学问并不是自己的目的，自己的想法是要培养意志力，做一个强者。他的结论是，要做到这一点就必须尽可能活在艰难环境之中。从普通人的角度来看，这简直就是醉话。而处于艰难环境中的他，意志一点儿也不坚强。他应该是得了神经衰弱。没有办法，我只好对他表明，自己也颇有同感，最终，还明确表示自己也打算朝这一方向积极推进人生（当然，这对我来说也并非虚妄之言。按照K的说法，他有一种力量，可以渐渐将我吸引到那种境地）。最后，我提议和K住在一起，共同去走向上的道路。为了改变他的倔强，我不惜跪在他的面前。就这样，我终于把他领进了我的家。

二十三

“我的房间有一个四叠大小的候客室，从玄关到我住的地方必须要穿过这四叠的房间。所以，从实用的角度看，这房间相当不方便。我让K住到了这里。我原打算在那八叠的房间里摆两张桌子，共同使用，但K说即使狭窄一些，他也愿意一个人住，他自己选择了这个房间。

前面已经说过，夫人一于始并不赞成我这种解决方式。她说，如果是出租屋的话，两个人要比一个人方便，三个人要比两个人合算，但她这里不是做买卖，所以还是尽量不要这么做。我对她讲，K不是那种费事惹麻烦的人，用不着多管他。她马上答道：‘就是不费事不惹麻烦，我也不愿意进来个不知根不知底的人。’‘那现在住在这里的我，不也是一样吗？！’我反问道。夫人不停地辩解，说她一开始就清楚我的为人。我苦笑了一下。于是，夫人又找了个理由，说把这种人领进来对我不好，还是算了。我问为什么对我不好，这回轮到夫人苦笑起来。

说实在的，我也觉得没有必要硬把K拉来一起住。但是，如果每个月都以现金的形式把生活费用摆在他面前的话，我觉得他肯定会犹豫不决，不情愿接受。他就是这么个独立心极强的人。所以，我才想到让他住到我家里，在他不知情的情况下偷偷塞给夫人两个人的饭钱。我不打算把K的经济状况告诉给夫人。

我只是谈到了K的健康，说他若一个人待着，就会变得更加偏执。另外还谈到K和养父母家失和、和生父母家脱离关系等许多问题。我告诉她，自己收留下K，就像拥抱溺水人用自己的体温温暖他一样。我请求夫人和小姐也能像自己那样给他温暖，热心照顾他。话说到此，我才渐渐说服了夫人。不过，我没有告诉K这一切，所以他不了解事情的来龙去脉。对此，我反而感到很满足，若无其事地迎接磨磨蹭蹭搬进来的K。

夫人和小姐都热情地帮他整理行李。我认为这都是出于她们对我的好意，心里很高兴。但K仍然是绷着脸，一副爱理不理的样子。

我问K住到这新住处心情怎么样，他只说了一句‘不错’。要是让我说，何止是不错啊。他以前住的是间南房，脏兮兮的，散发着潮乎乎的霉味，吃的是粗茶淡饭，和那房间倒很匹配。他搬到我这里，简直就是‘出幽谷迁乔木’，大为改观。他之所以不显喜色，一是由于他的性情倔强，另一个则来自他的主张。他受到佛教教义的熏陶，似乎认为在衣食住这些方面讲究奢侈是不道德的。他一知半解地读了一些过去的高僧、圣徒的传记，养成了一个毛病，动不动就把精神和肉体分裂开来。说不定鞭打他的肉体，他还会觉得那增添了灵魂的光辉。

我采取了尽可能不违抗他的方针，想方设法把冰块放在阳光下任其慢慢融化。我觉得一旦融化成温水，他自己发现自己的时机无疑就会到来。

二十四

“夫人就是采用这种方法，让我渐渐变得快乐。我明白这一点，也想在 K 身上采用同样方式试一试。长期与 K 交往，我十分清楚 K 和我在性格上很不同。不过进入这个家庭以后，我的神经磨去了不少棱角，我想 K 的心放在这里同样也会平静下来的。

K 是个比我有决心的人，学习的东西也多过我一倍，而且天生脑子就比我强很多。其他的，因为专业不同，很难说什么。不过，在同一年级的时候，无论是初中还是高中，K 总是成绩优秀。我自认为平时无论做什么也不如 K。不过我相信，我生拉硬拽地把 K 带进我家时，我要比他更明事理。让我说，他并不了解忍受和忍耐的区别。这是特意为你补写的一部分，希望你能认真看。肉体、精神以及我们的一切能力，在外部的刺激下既能得到发展，也会招致破坏。不过，如果不认真思考的话，它就有可能会朝危险的方向发展，而我们自己、甚或旁人却对其一无所知。据医生说，人的胃是最霸道的。如果一直喝粥，它消化比粥坚硬的东西的能力就会渐渐丧失。医生告诉我们，所以要锻炼自己什么都要吃。不过，这忠告其实就是要我们去适应习惯。随着刺激的增加，渐渐地营养机能就会增强，他们说的大概就是这意思吧。我们做一下反向思考，想象一下胃的力量逐渐减弱下去的结果，我想马上就会清楚就会明白的。

K 虽然是个比我伟大的人，但他完全没有注意到这点。他好像认定了，只要习惯了困难，最终这个困难就会变得无所谓了。他似乎坚信，越是反复经历艰苦，有了这一功德，不在乎任何艰苦的时机终究会到来。

我在说服 K 时，竭力向他表明这一点。但是，我只要说到这一点，就必定会遭到他的反抗，他肯定会以过去的人为例。这样的话，我也就不得不给他讲清楚这些人和他的不同。如果 K 能够认同我的讲法，那倒好了。可是，以他的性格，一旦争论到这里，他是绝不后退的，而且还要向前进攻。同时，他还会把嘴上的进攻付诸行动。一旦如此，他就真是个可怕的男人，伟大的男人。他会自己破坏自己，借此向前。从结果来看，他的伟大只不过是破坏自己的成功这种意义上的伟大。不过，即使如此，他也绝不平庸。我熟知他的品性，所以最终什么也没说。而且，以我来看，他就像我前面所说过的，多少患上了神经衰弱。即使我说服了他，他必定要激动发火。我虽然不怕和他吵架，但是回首自己孤独不堪的境遇，我又不忍将他——自己的好友置于同样孤独的境遇之中，更不愿意将他进一步推到更为孤独的境遇中。所以，自他搬进家里以后，我在一段时间里没有对他进行过像样的批评，只是静观周围对他的影响。

二一五

“我在背后央求夫人和小姐尽量多和 K 讲话，因为我相信是他至今的无言生活一直在作祟，影响着他。我坚信，就像不使用的铁器会腐坏一样，他的心里已经生了锈。

夫人笑着说，K 是个难以接近的人。小姐又特意举了个例子解释给我听。她问 K 火盆里有火没有，K 回答说没有。小姐说那我给你拿来吧，他表示拒绝说不要。小姐接着问：‘你不冷吗?’他只说了句：‘冷，但是不需要。’就不理睬小姐了。这种时候，我当然不能只是苦笑，只好为他打个圆场，说几句‘太抱歉了’什么的。当然，这是春天的事情，其实也并不一定要烤火。不过，我觉得这被人家说成不好接近，也并非没有道理。

因此，我积极努力，通过自己把两个女人和K联系在一起。譬如，K和我聊天时把家里的人叫来，或者家里的人和我凑在一起时把K拉过来，无论怎么样都要根据具体情况采取相应的方法，促使他们之间接近。当然，K不太喜欢这样。有时候，他会突然起身走到房间外面。有时候，怎么叫他，他就是不出来。K跟我说，这样闲聊天又有什么意思。我只是笑笑，心里十分清楚K就是因为这个看不起我。

也许从某种意义上看，我的确应该被他看不起，他的着眼点可以说要远远高于我。对此我并不否定。不过，仅仅眼高，而没有其他与之相匹配，这很容易被看作残疾。我觉得不论怎么说，眼前最为重要的是要使他像个人。我发现无论他脑中存有多少伟人的影像，只要他本身没有变得伟大，那就没有任何用处。我要将他变得像人，第一个方法就是要让他坐在异性的旁边，让他接触由此造成的氛围，使他开始生锈的血液得以更新。

这一尝试逐渐获得了成功。一开始看似很难，但他渐渐和大家融合为一体。他开始领悟到除了自己还有一个世界存在。有一天他对我说，不该那么小看女人。K好像一开始要求女人也要拥有像我那样的知识和学问。如果在女人身上看不到这些，他马上就会对其嗤之以鼻。他以前不知道性会改变立场，总是以同样的眼光观察所有的男男女女。我对他说，如果只是我们两个男性之间进行交谈，那么我们两个就只会向前直线伸延。他回答道‘言之有理’。当时正是我对小姐多少有些着迷的时候，所以很自然就使用了这样的语言，不过我没有对他讲里面的事情，一句也没有。

以前 K 一直躲在书籍建造的城墙里，现在他的心渐渐舒展开来，这让我感到无比快乐。我开始做这件事的目的本来就是如此，所以很自然就会感受到成功带来的喜悦。我没有和他本人说，只是对夫人和小姐如实讲了自己的感受。她们好像也很满足。

二十六

“K 和我虽然同属一个学科，但专业不同，所以自然出门的时间、回家的时间就早晚不一。回来早了我不过就是从他的空屋子穿过而已，回来晚了我总是跟他打个招呼就进自己的屋子。而 K 总是要把视线从书籍上移过来，看一眼打开隔扇门的我，然后，必定要说一句‘你刚回来啊’。有时候我只是点点头，什么也不说。有时候我会应上一声‘嗯’就走进去。

一天，我到神田有事，回家比平时晚了许多。我紧赶慢赶回到家门前，刚打开格子门，就传来了小姐的声音。我觉得声音确实出自K的房间。从玄关直走，是连着的两间，起居室还有小姐的房间，由此往左拐就是K的房间还有我的房间。家里房间布局简单，不过如此，所以在家里住久了，我一听就知道是谁的声音，来自何处。我马上关上了格子门，小姐的声音也立即消失了。我脱下鞋，当时我穿的是那种时髦的长鞋带高腰鞋，所以脱鞋时很花时间，就在我弯腰解鞋带时，K的房间没有任何声响。我觉得有些奇怪，心想可能是我听错了。不过，我打开隔扇门像往常那样要从K的房间穿过时，我发现他们两个就坐在那里。K像往常一样说了句‘你刚回来啊’，小姐也坐着向我打了个招呼说‘你回来了’。也许完全是自己的感觉，这简短的招呼听上去有些生硬，在我的鼓膜中产生回响，我觉得总有点儿不太自然，但不知是哪儿。我问小姐，夫人去哪儿了。我没有任何意思，只是因为家里比平时显得要安静，所以就问了这么一句。

果然，夫人没有在家。女佣也和夫人一起出门了。家里就留下了K和小姐。我有些不可思议，我在这里住了很久，至今夫人出门时从来就没有只留下我和小姐两个人。我问小姐：‘是不是发生了什么急事？’小姐只是笑了笑。我讨厌这种时候还在笑的女人。这也许是年轻女人的通病，无需深究，小姐也是这样的女人，一点儿破事就会引得她发笑。不过，看到我的脸色小姐马上就恢复了平时的表情。她认真地回答道：‘没有什么急事，出去办点儿事。’我一个租房住的人，没有权利继续再追问下去，便不再说话了。

我换上和服刚要落座，夫人和女佣回来了。过了一会儿，大家围坐在饭桌前开始吃晚饭。开始租房时，夫人总是把我当作客人对待。每逢吃饭，女佣就会把饭菜送过来。不知从什么时候起，事情发生了变化，每次吃饭我就会被叫去一起吃，逐渐形成了习惯。K 新搬来的时候，在我的要求下，夫人决定让他享受和我同等的待遇。作为回报，我捐赠给夫人一张做工精细的饭桌，饭桌是用薄板做成的，桌腿可以折叠。这种饭桌今天所有人的家里好像都在使用，而当时几乎看不到围坐在这种饭桌前吃饭的家庭。这是我到御茶水的家具店特意让人家按照我的设计制作的。

在饭桌上，夫人向我作了解释。原来那天到了时间，可鱼店的人还没有来送鱼，不得已她们只好到街上去买给我们吃的东西。我觉得，既然家里有房客这样做也是合情合理的。就在此时，小姐看着我的脸又笑了。但是，这次受到了夫人的斥责，小姐马上就止住了笑声。

二十七

“过了一个星期左右，我又从K和小姐一起聊天的房间穿过。当时，小姐一看到我又笑了起来。我当时要是马上问有什么可笑的，就没事了。可我却没有搭理她，默默走进自己的房间。所以，K也就没有像往常那样招呼我：‘你刚回来啊。’小姐好像也马上就拉开隔扇门走进了起居室。

吃晚饭的时候，小姐说我是个怪人。我当时也没有问她我怪在哪里，只是发现夫人瞪了小姐一眼。

饭后，我带K去散步。我们两个走到传通院后面，绕着植物园转了一圈，然后又向富坂的下面走去。作为散步这一圈的距离并不近，可是我们在路上却没怎么说话。从性格来看，K要比我沉默寡言。虽然我也不是多言善辩的人，不过在路上我还是尽可能找话和他搭讪。我的话题主要集中在我们两人租住的那家人上。我很想知道他是怎么看夫人和小姐的。可是，他东扯西扯，尽说些无关痛痒的事情。而且，他的回答极为简单，还不在要领。看上去，他并不太注意这两位女性，更在意他专攻的学业。当然，当时第二学年的期末考试迫在眉睫，所以从普通人的角度看，他倒是更像个学生。而且，他还大讲特讲伊曼纽·史威登堡，让学识浅薄的我大为吃惊。

我们顺利通过了考试，夫人为我们高兴，说你们两个都差一年就毕业了。夫人唯一引为骄傲的小姐，不久也要毕业了。K对我说，女人就是毕了业，也是什么也没学到。在他眼里，小姐在课程学习之外所学的那些缝纫、琴技、插花什么都不算。我又重提过去我们的争论，认为女人的价值并不在此，笑话他粗心迂腐。他并没有怎么反驳，但表面上也并没有认同我的观点。对此我感到很愉快，因为他哼了一声的样子，让我感觉他仍然看不起女人。因为他好像对小姐这个我心目中的女性代表者并不以为然。现在回想起来，我对K的嫉妒此时已经充分萌芽了。

我和K商量，暑假出去玩玩。K答话的口吻好像不太情愿。不过，他虽然没有依照自己的自由意志到任何地方去的能力，但他却能够在我邀请他时不在乎去任何地方。我问他为什么不愿意去，他说没有什么理由，就是想一个人在家看书，那样随便。我坚持说到避暑地在凉爽的地方学习有益于身体，他就讲那你就自己去吧。但是，我不想让K一个人留在这里。因为我不愿意看到K和家里人渐渐亲近起来，我心里不太舒服。如果我反问自己，既然事情已经按照自己最初所希望的那样发展了；为什么自己还要心情不好，我真是无话可说。我无疑是个傻瓜。

夫人看不下去我们两人这样无休无止的争论，便从中为我们调解。最终，我们两个一块儿去了房州。

二十八

“K很少出去旅行，我也是第一次去房州。我们两个什么也不清楚，稀里糊涂就从船最先抵达的地方上了岸。我记得那个地方叫保田。不知现在那里有了变化没有，反正当时是一个很不像样子的渔村。首先到处都是腥臭味，另外你要是下海的话，马上就会被浪头冲倒，手脚立刻就会被划破。在一波接一波的海浪冲刷下，拳头大小的石头始终在滚动不停。

我马上就厌烦了，但K既不说好也不说坏。至少他脸上的神情显得毫不在乎。虽说如此，他每次下海都会受伤。我终于说服他，一起离开这里去了富浦，然后又从富浦转到那古。当时沿岸大都是学生聚集的场所，所以无论到哪儿都有适合我们的海水浴场。K和我常常坐在海岸的岩石上，眺望远处的海色，俯瞰近处的水底。从岩石上望下去，水特别漂亮，可以清晰地看到红色、蓝色等各种色彩的鱼，这些普通市场上看不到的小鱼在清澈的波浪之中游来游去。

坐在那里，我常常翻开书看。一般K什么也不做，一言不发。我也不知道那是在沉思，还是为景色所吸引，抑或是在肆意想象。我时不时抬起眼睛问K：‘你在干什么？’K只回答一句：‘什么也没干。’我经常会想，这样一动不动坐在自己身边的，如果不是K而是小姐，那该多么快乐。仅仅这样想倒还没有问题，我有时会突然心生怀疑，K坐在岩石上是不是也抱有同样的希望。于是，我会突然厌恶起这样安静地看书。我会猛地站起身，肆无忌惮地高声怒吼。我不会做那种不痛不痒的事情，兴趣盎然地吟唱整段的诗啊歌的，只会像野蛮人一样吼叫。一次，我突然从后面抓住K的后脖领，问K我要是就这样把他推下去会怎么样。K一动不动，背对着我回答道：‘那正好，你就推吧。’我马上松开了抓着K脖领的手。

K的神经衰弱此时已经好了许多。与此相反，我却渐渐变得过于敏感起来。看到K比自己还要平静，我既羡慕又憎恶，因为他根本无意理睬我。在我看来，这是一种自信的体现。但是，就算知道这是他的自信，也不会让我感到满足。我的怀疑进一步加深，我还要明确这种自信的性质。他是不是有了想法，要在学问或者事业上重新找回自己的光明前途？如果仅仅是这样的话，K和我就不可能出现利害冲突，我反而会为自己照料他有了价值而感到高兴。不过，他的平静如果是因为小姐，那我是绝不会容许的。不可思议的是，他完全没有注意到我对小姐的爱。当然，我也没有故意做出举动引起K的注意。K原本在这方面就很迟钝。最初我就是因为觉得K这方面可靠，才特意把他带进了家里。

二十九

“我下定决心，决定向K敞开心扉。当然，这种想法不是此时才产生的。出发前，我就做好了这种准备。不过，以我的办法很难抓住机会向他坦白，也无法顺利创造这种机会。现在回想起来，当时我周围的人都很奇怪，从没有人深聊女人。其中有不少人也许是因为没有这方面的话题，但一般的人大概都是即使有也不愿意说。今天你们呼吸着比较自由的空气，你们一定觉得这很奇怪。这究竟是道学的因袭呢？还是一种羞涩呢？由自己理解判断吧。

K和我是无话不谈的好友。偶尔也会一起聊聊爱啊恋的，但是每次都会归结到抽象理论。这种事情很少会成为我们交谈的话题。我们的话题总是停留在看书、学问以及未来的事业、个人的抱负，还有自身的修养等一类问题上。即使再怎么亲密，也不会在变得如此严肃时突然失去正形。我们两个只是都如此严肃，所以才变得亲密。自从打算向K坦白自己对小姐的想法，我就不知多少次感到令人烦恼的不快。我真想在 K 脑袋上凿个洞，将柔和的空气输送进他的脑中。

今天你们觉得可笑至极的事情，在当时却是我实际面临的巨大困难。即使在旅途中，我也和在家里时一样，非常胆怯。我始终在观察 K 寻找机会坦白，但对他那种超凡脱俗的态度却无可奈何。叫我说，他的心脏周围就好像涂上了一层厚厚的黑漆。我试图注入的热血都被反溅回来，没有一滴能够进入他的心脏。

有时候 K 显得强劲而高大，这反倒使我放下心来。于是，我为自己的疑心后悔，在心里向 K 默默道歉。道歉的同时，我突然开始厌恶自己，觉得自己很像一个卑贱的人。不过，过不了多久，疑心又会重新抬头，猛烈地反扑过来。一切都是根据怀疑做出的推断，所以一切都对我不利。K 就连长相都显得要受异性喜欢。我觉得在性格上他也不像我那么小肚鸡肠，这好像也很合异性的口味。他不够精明但又拿得定注意，很有男人味儿，这一点也比我显得优秀。虽然我们的专业不同，但在学习成绩上我自知绝非 K 的对手……K 所有好的方面一下子浮现在我的眼前，使刚刚稍觉踏实的我立刻又回到不安的原有状态之中。

看到我不安的样子，K 说你要是不想玩了就先回东京吧。

他这么一说，我反倒突然不想回去了。也许实际上我只是不想让K回东京。我们绕过房州顶端来到房州的另一侧。在炎炎烈日的照射下，我们痛苦万分地走着，上总这个地区的人总是告诉打听路的人前面只有一日里路，这没完没了的一日里路把我们弄得叫苦不迭。我简直理解不了这样行走的意义，于是开玩笑似的对K讲了自己的看法。结果，K回答我：‘我们之所以要走路，就是因为我们长着脚。’走得热了，我们就要到海里去，也不管到了什么地方跳到海里就泡在其中。泡完之后，我们还要暴晒在强烈的阳光下，弄得身体酸懒，软得像团棉花。

三十

“这么走路，很自然，酷暑加上疲劳就会使身体状态失调。当然，这和生病不同。因为那感觉就好像自己的灵魂移到了他人的身体中。我虽然仍像平时那样和K聊天，但心情在某一点上好像不同于平时。这是因为对他的亲近和憎恶都具有特殊的性质，仅限于旅途之中。也就是说，由于暑热、由于潮水、由于步行，我们两人进入到一种全新的关系之中。此时的我们就宛如一同行走的行商，就算说了再多的话，也不会是那种要耗费大脑的复杂事情，和平常完全不一样。

就这样，我们一直走到了铫子。路上只有一件事情是个例外，让我至今难以忘怀。在还没离开房州前，我们两人在小凑这个地方参观了鲷浦。已经过去多年了，而且我也不太感兴趣，所以记得不很清楚，据说那儿好像是日莲[1]出生的地方。传说日莲出生的那天有两条鲷鱼被打到海滩上，自那以后，村里的渔民就不再捕捞鲷鱼，直到今天，所以这海湾里鲷鱼成群。我们雇了条小船特意去看那里的鲷鱼。

当时，我只是目不转睛地望着波浪，毫不厌倦地盯着微微发紫的鲷鱼在波浪中游动，觉得这真是一种有意思的现象。但是看上去，K 不像我那样兴致勃勃。他好像并不在意鲷鱼，脑海中似乎在想着日莲。碰巧，这里就有一座诞生寺。也许因为这儿是日莲出生的村子，才起了个‘诞生寺’的名字。庙宇十分壮观。K 说要去那座寺院见见住持。说实在的，我们穿的衣服非常怪异。特别是 K，因为风把他的帽子刮到了大海里，他就买了顶莎草草帽戴在头上。我们两人的和服都脏兮兮的，而且汗水味儿很大。我说还是不要去见和尚了。K 脾气犟，执意不肯，他说你要是不愿意就在外面等我。没有办法，我只好和他一起去，到了玄关，心想人家肯定不想见我们。没想到和尚

---

① 日莲（1222—1282），镰仓时期的僧人，日本日莲宗的始祖。

这种人办事都很郑重，他马上就把我们引到一间宽阔漂亮的房间，在那里见了我们。当时我和K的想法不同，所以也没怎么认真听和尚和K的交谈。K好像在一个劲儿打听日莲的事情。我现在还记得，当和尚说到日莲草书写得很好，甚至有人称之为‘草日莲’的时候，字写得很差的K的神情显得颇为不屑。也许K更想知道更深层意义上的日莲，而不是这种事情。在这点上，和尚能否满足K还是个疑问。不过，K一走出寺院就喋喋不休地对我说起日莲的事来。我又热又累，根本顾不得这些，便随口敷衍他。后来我嫌麻烦就沉默不语，不再说话了。

我记得那大概是第二天晚上，我们两人回到旅店吃完饭要睡觉时，突然讨论起一个很艰深的问题。因为头一天我没有理会他提到的日莲，K不很高兴。他劝导我说：‘精神上没有上进心的人都是傻瓜。’那口气似乎在说我就是那种浅薄的人。可是，我心里还装着小姐的事情，所以对他这种近乎侮辱人的话绝不能一笑了之。于是，我开始了我的辩解。

三十一

“当时，我频繁地使用了‘像个人’这个词。K说我就是在‘像个人’这个词里隐藏着自己的所有弱点。后来考虑起来，的确如K所说。不过，我使用这个词，就是因为要让K明白‘不像个人’是什么意思，我的出发点已经带有反抗性了，所以就没有时间去反省我自己。我仍然坚持自己的说法。于是K就问我，我到底抓住他什么了，说他不像个人。我对他讲……你像个人，或许可以说太像个人了。不过，你只是嘴上说着不像人的话，而且还故意做出不像人的样子来。

我说这番话时，他并没有反驳我，只是说他自己缺乏修养，所以别人才会这么看。这让我不仅觉得有些泄气，甚至还感觉对不起他。我马上就此停止了争论。他的语气越来越低沉。他十分怅然地对我说，如果我像他一样了解过去的人，就不会做这样攻击。K所说的过去的人既不是英雄也不是豪杰，而是指那些为了灵而虐待肉体、为了道而鞭挞身体的所谓苦修苦行的人。K对我明确表示，我不了解他为此付出了怎样的痛苦，这让他遗憾万分。

K和我说到这儿就睡了。第二天，我们又恢复到普通行商的神态，汗流浃背地行走。不过，路上我还是时时想起那晚的事情。我心里悔恨不已，明明得到了绝好的机会，为什么却故作不知将它放过去了呢？回忆起来，我当时要是不使用‘像个人’这种抽象的语言，而用更直接更简单的话语向K坦白就好了。说实在的，我创造这种词汇，其基础也是因为我对小姐的感情。与其把剔除事实后保留下的理论灌输到K的耳朵里，倒不如把原本的样子显露在他眼前，这对我而言确实是有利的。在此我坦白地说，我做不到这一点，就是因为我缺乏勇气，不敢大胆突破以学问交往为基础的两人的亲密关系，而这种关系自然而然造成了我的惰性。无论说是故作姿态也好，还是说虚荣心作祟也罢，其实都是一样的。我所说的故作姿态、虚荣和普通的意义稍有不同。你要是能够明白这一点，那我就满足了。

我们回到东京时身体晒得黝黑。回到家，我的心情又发生了变化。什么像个人、不像个人的这一套道理，几乎被我忘得干干净净。K也彻底没了宗教家的样子。恐怕此时他的心里再也看不到了灵魂怎样肉体如何这一类的问题。我们两个都好似外来人种一般，望着繁忙的东京，看得眼花缭乱。后来，我们来到两国，虽然天气很热，还是吃了斗鸡肉。K跟我说咱们顺便步行到小石川然后再回家吧，我要比K体力强，所以马上就答应了。

到了家，看到我们的样子，夫人十分惊讶。我们两个不仅肤色变黑，而且因为不断行走消瘦了许多。夫人表扬我们说‘不过倒是显得结实了’。小姐又笑了起来，说夫人说得有些矛盾，很可笑。旅行之前我时常爱生气，唯有此时我感到很快乐。大概是场合的关系，也是因为好久没听到这种话了。

三十二

"不光如此，我还注意到小姐的态度和以前略有些变化。我们旅行很久才回来，要恢复到以前的状态，所有的事情都需要女人帮忙。夫人照料我费心不少自不必说，小姐看上去也是事事都以我为先，再办 K 的事情。如果她做得很露骨，也许要增加我的麻烦，甚至有可能弄得大家不太愉快。但小姐做事很有分寸，让我很高兴。也就是说，小姐把她与生俱来的亲切多分给了我，而这只有我一个人懂得。所以，K 对此也毫不在意，没有表现出不悦。我心中悄悄奏起凯歌，宣告对于 K 的胜利。

不久夏天过去了，从九月中旬我们又要上学听课了。由于各自安排的关系，K 和我出入家门又出现了早晚差别。一周里，我大约有三次比 K 晚回来。不过，不论什么时候回来，我再也没有见到小姐的身影出现在 K 的房间里。K 总是用那种眼神看看我，千篇一律地重复着'你刚回来啊'这句话。我的招呼也几乎都是照本宣科式的，简单而且无意义。

我记得大概是十月份的事情，有一次我睡过了头，穿上和服就急急忙忙跑到学校。因为要省出系鞋带的时间，脚上也没穿高腰鞋，蹬上草编平底鞋我就跑出了门。那天从课表上看，我应该比 K 先回来，所以我回到家，打开玄关的格子门，以为 K 没在家，没想到屋里却传来了他的声音，小姐的笑声也随之传到我的耳朵里。由于没有穿往常那种费事的鞋，我一下子就上了玄关，打开隔扇门，结果我看到 K 像往常一样坐在桌子前，而小姐却已经不在了。我问 K 为什么这么早就回来了，K 答道：'不舒服，请假了。'走进自己的房间，我没换衣服，就这样一直坐在那里。一会儿，小姐给我端来了茶。此时，小姐才和我打招呼：'你回来了。'可我不是那种会办事的人，没有笑着问她刚才为什么要跑掉。尽管如此，我心里对这事还是很在意。小姐马上离开了，她顺着沿廊向对面走去，走到 K 的房间前时停住了脚步，两个人一里一外说了两三句话，好像是接着刚才的话茬，我没有听到他们先前说的话，所以根本听不懂他们在说什么。

渐渐地，小姐的态度变得满不在乎，就是 K 和我都在家时，她也经常到 K 房间的沿廊上叫 K 的名字，然后进到 K 的房间坐一坐。有时候她是来送信件的，有时候她是来送洗好的衣物的，从住在同一屋檐下的关系看，这点儿交往应该说很自然很正常。不过，我心里有一种独占小姐的强烈念头，所以在我眼里怎么看这一切都显得不正常。有时，我甚至觉得小姐是专门去 K 那里，故意不到我房间来。你可能要问，既然那样，你为什么不让K离开你家呢？然而，如果这么做，我硬把他拉到这儿的努力就会付之东流。我不能这么做。

三十三

“那是十一月一个下着雨的寒冷日子。我穿着湿漉漉的大衣，像往常一样穿过被称作‘魔芋阎王’的寺院，走过狭窄的坡路回到家中。K的房间空荡荡的，但火盆里新添的炭火却在温暖地燃烧。我急切打开自己房间的隔扇门，想早些在红红的炭火上烤烤冰冷的双手。结果，我发现我的火盆里只剩下冰冷的白色炭灰，就连火种都烧尽了。我的心情顿时变得很不愉快。

此时，听到我的脚步声，夫人从屋里走出来，看到我默不作声地站在屋子正中央，她显得有些歉疚，连忙帮我脱下大衣换上和服。后来听我说身上很冷，她马上从隔壁房间把K的火盆端进来。我问K是不是已经回来了，夫人答道回来又出去了。按照课表，这天K也应该比我晚回来，所以我觉得一定有什么事情。夫人对我说，大概是出了点儿事情。

我坐在屋里看了一会儿书，整个房子静悄悄的，听不到人说话的声音。初冬的寒冷和孤寂渗透我的全身。我马上合上书，站起身来，突然想去热闹的地方走走。雨终于停了，但天空仍然像冰冷的铅块一般阴沉沉的，为了小心起见，我打上油纸伞，顺着炮兵工厂后面的土墙，向东一路沿着坡路走下去。当时还没有修整道路，所以那坡路要比今天陡得多。道路也很狭窄，没有那么笔直。另外，下到那面的低谷，由于南面被高高的建筑物堵塞，再加上排水不畅，所以这里的路泥泞不堪。特别是过了狭窄的石桥、到柳町大路的那一段更是糟糕。不管你是穿木屐还是穿长靴，都不能不留神。无论是谁，都得沿着路中间泥泞溅开自然形成的窄细的平地小心翼翼地艰难行走。其宽度仅有一二尺，所以走在上面就如同踩着铺在路上的和服衣带一样。行人都排成一队慢慢地走过。就在这条窄带上，我不期然遇到了K。我一直盯着脚下，和他走个面对面也没发现他这个人。直到前面突然被堵住了，我偶然抬起眼睛，这才看到K站在那里。我问K上哪儿去了。K只说了句‘就到那边’。他的回答仍同往常一样冷淡。K和我在这条窄带上调换了身体，此时我才看到K后面站着一个年轻的女人。我眼睛近视，在这之前一直没有看清楚，让过K后我才看到了女人的脸，原来是家里的小姐，这使我颇为惊讶。小姐脸上微微泛红，向我点点头。当时女人的发型和今天不同，没有发帘，而是把头发像蛇一样盘卷在头的正中央。我心不在焉地看着小姐的头，转瞬之间突然意识到我们两人必须要有一个给对方让路。于是，我索性把一只脚踏在泥泞里，腾开一个比较容易通过的地儿，让小姐走了过去。

后来我来到柳町的大街，可自己也不知道该去哪儿才好，觉得去哪儿都没有意思。我在泥泞中拼命大步走着，顾不得泥水飞溅。然后，就径直回到了家里。

三十四

“我问 K 是和小姐一起出门的吗，K 回答说不是，他解释说他们是在真沙町偶然碰上，后来结伴回来的。我没有再深问下去。不过，吃饭时我又问了小姐同样的问题，小姐笑了起来，就是那种我不喜欢的笑法，最后还让我猜猜她去哪儿了。那时，我还是个容易生气的人，所以年轻女人这么寻我开心，让我很生气。不过，在一块儿吃饭的人当中，只有夫人一个人注意到了这一点。K 并没有当回事儿，至于小姐的态度，她究竟是明知故作还是率性所为，很难区分得一清二楚。作为一名年轻女性，小姐考虑问题还是颇为周到，要说她身上没有一般年轻女性共有的、令我厌恶的地方，其实也并非如此。而这种令人厌恶的地方，在 K 没来家里之前，我并没有注意到。我左思右想难以判断，这究竟该归结于我对 K 的嫉妒呢？还是应视作小姐对我耍的手段呢？即使到现在，我也绝不否认我当时的嫉妒。因为就像过去已经反复多次的那样，我清楚意识到了这种感情在爱的背后所起的作用，这种感情总会在旁人看来不值一提的小事上抬头闹事。这么说也许多余，这种嫉妒或许就是爱的另一种表现。结婚以后，我感觉这种感情渐渐减弱了，同时爱情也不像原来那么炽热。

在此之前，我内心一直踌躇不定，现在我要把自己的内心义无反顾地袒露给对方，打动对方。我说的对方不是指小姐，而是夫人。我想和夫人开诚布公地谈谈，求她把小姐给我。但是，尽管下了决心，我却又一天天地拖延下去，并没有果断实施。这么说来，我很像是个优柔寡断的人，其实像不像倒也没有关系。事实上我这样迟迟不前，并不是意志力不强。K没来以前，我不愿受人操纵，自己压抑自己，于是寸步难行。K来以后，我又心生怀疑，担心小姐对K有意，怀疑控制了我。我暗自决定，如果小姐无意于我，果真对K有意，那我的爱恋就不值得说出口，也不必说出口。这和害怕丢人不愿丢脸稍有不同，因为我不愿意和自己所爱、但她心里却爱着别人的女人一起生活。当然，也有人只要娶了自己喜欢的女人就觉得高兴，而不管人家喜欢不喜欢自己，但当时我则认为这种人要么是老于世故的滑头，要么就是不懂爱的心理的迟钝货色。我的感情炽热，绝不认同那种一旦娶回家就万事大吉的逻辑。换句话说，我既是极为高尚的爱的理论家，同时也是最为执拗的爱的实践者。

长久在一起生活，经常有机会让我能够直接向小姐敞开心扉，但我却故意避开了。那时我有种强烈的感觉，觉得按照日本的习惯不应该这样做。不过，倒不能说就是它在束缚我，因为我猜想日本人，特别是年轻的日本女人，碰到这种情况，都是没有勇气不顾及对方感受就毫不隐讳地说出自己的想法的。

三十五

“就这样，我愣愣地站在那里，无法向任何方向前进。你知道吧，身体不舒服的时候睡午觉，有时候眼睛明明睁着，也能看得清四周的东西，可手脚就是动弹不得。有时候我会悄然感到这种痛苦。

转眼之间，一年过去又到了春天。一天，夫人对 K 说，咱们一块儿玩玩和歌牌[①]吧，你去找几个朋友来。K 马上就说自己一个朋友也没有，这让夫人大吃一惊。的的确确，K 一个朋友也

① 一种写有和歌的纸牌游戏。由写有和歌上句或整首和歌的唱读牌和仅写着和歌下句的抓取牌构成。一般上面的和歌多为“百人一首”的和歌。日本江户时期以后，成为过新年的游戏之一。

没有。虽然他多多少少也有几位在路上见面会打招呼的熟人，但还没有熟到能一起玩和歌牌的程度。夫人于是改口说，让我去找几个熟人来玩，可不巧我没有心情那么吵吵闹闹地玩牌，所以就含含糊糊地应承了一声，没有再去管它。结果到了晚上，K 和我还是被小姐拉了去玩。没有一个客人，只是家里几个人在一起玩和歌牌，听不到吵闹声，十分安静。K 玩不惯这种游戏，坐在那里袖手旁观，一副没事人的样子。我问 K，你到底知道不知道百人一首[①]的和歌。K 回答说他不太清楚。听到我的问话，小姐也许将其理解为我看不起 K，于是就明显帮起 K 来。最后形成了他们两个合伙对付我的局面。换了别人，我这个人也许就会跟他们争吵起来，幸运的是 K 的态度和一开始时一样，没有任何变化。我没有发现他有什么颇为得意的影子，最后总算万事平安。

大概又过了两三天吧，夫人和小姐早晨离开了家，说是要去市谷亲戚那儿。K 和我都还没有开学上课，所以就留在家里看门。我既不愿意看书，也不想出去散步，只是将胳膊肘搭在火盆边上，撑着腮帮子一动不动地想事情。K 在隔壁房间里也是一声不发。两个人都很安静，让别人也弄不清里面是不是有人。当然，这种情况在我们两人之间并不新奇，我也就没有特别在意。

---

① 收集 100 名和歌诗人每人一首佳作的和歌集，其中以《小仓和歌百首集》最为著名。

十点左右，K突然打开隔扇门，面对着我。他立在门框上，问我在想什么。我原本就什么也没想，就算在想，也许和往常一样，是在想和小姐的事情。当然，小姐又紧紧联系着夫人，最近K本身也成了我摆脱不开的人，他在我的头脑中转来转去，使得这个问题越发复杂起来。过去在意识中，我朦朦胧胧觉得K是我的障碍，现在面对着他，我不得不说他确确实实就是一个障碍。我看着他，默不作声。于是，K毫不客气地走进我的房间，坐在火盆前。我马上把胳膊从火盆的边沿移开，向K的方向稍稍伸了一伸。

K和往常很不相同，开口就问夫人和小姐到市谷的什么地方去了。我回答说大概是去婶母家了。K又问这位婶母是干什么的。我告诉他也是一位军人的妻子。于是，他又问女人出去拜年大都要过了十五，可她们为什么这么早就出门拜年。我只好回答道，具体为什么就不知道了。

三十六

“K说起夫人和小姐，简直是没完没了。最后还问些很深的问题，就连我都回答不上。我倒没有嫌麻烦的意思，只是觉得不可思议。我回想起以前跟他聊这两个人时他的样子，不由得注意到他的语气发生了变化。我忍不住问他，今天为什么光说这些事情。此时，他突然沉默下来。不过，我注意到他紧闭的嘴唇边的肉在颤抖。他原本就沉默寡言，平时有个毛病，说话前嘴唇常会先抽搐。他的嘴唇很难张开，就仿佛在故意反抗他的意志，也许这里面暗含着他话语的分量，一旦冲出嘴边，那声音就具有普通人两倍的力量。

我看着他的嘴角，马上察觉到他又要说什么。但是，我预见不到他准备说的到底是什么。所以，听到他的话我才会如此惊讶。你可以想象一下，听到从他沉重的嘴里冒出的对小姐无限爱恋的表白，我会是什么样子。在他的魔法棒下，我一下子变作化石，连一句不成样子的话都说不出来。

当时，说不上是惊恐至极还是痛苦至极，总之我整个人僵在了那里，突然从头到脚都如同石头、好似钢铁一般僵硬不动了，几乎连呼吸的弹性也没有了。幸运的是，这种状态没有持续多久。一瞬间，我又恢复了人的情感，顿时觉得事情糟透了，被他抢先了一步。

不过，我完全不知道该拿这被 K 抢先的一步怎么办。大概是因为我已经没有心思去考虑了吧。腋下的汗水浸湿了衬衣，散发出令人不悦的气味，我一动不动强忍着。就在此时，K 仍像往常那样缓缓启开沉重的嘴唇，断断续续吐出自己的心里话。

我痛苦不堪，觉得这痛苦就像巨幅广告一样，字迹清晰地贴在我的脸上。就算是K，他也不可能看不到这一点。可是，他光顾着自己的事情，无暇注意到我的表情。他的告白从头至尾都是同样的语调，沉重且缓慢，有一种无法轻易动摇的感觉。我的心有一半在听他的告白，另一半则被搅得乱乱的，不知如何是好，所以具体的细节我几乎没有听进去。不过，他说话的语调却让我记忆深刻。为此，我不仅感到了刚才那样的痛苦，有时甚至会感到一种恐怖。也就是说，我心里开始萌生一种恐怖的念头，觉得对手强过自己。

K的话说完了，我无话可讲。我是在他面前也做同样告白呢，还是默不作声一句话不讲呢？我并不是在考虑这种与己相关的利害关系而沉默，只是什么也说不出，而且也没有心思说。

午饭的时候，K和我相对而坐，女佣在一旁为我们盛饭。我吃了一顿从来没有如此难以下咽的饭。吃饭过程中，我们两个几乎没有说话。夫人和小姐也不知什么时候回来。

三十七

“我们回到各自的房间，没有再见面。K和早晨一样，非常安静。我也陷入了深思。

我当然觉得自己应该向K袒露自己的内心，不过同时又感觉已经错过了时机。为什么刚才不拦住K反守为攻？看来此处自己非常失策。我很后悔，至少也该在K说完后当场表达自己的真实想法。可现在K已经告白了，如果自己再做同样的告白，怎么想也有些怪异。我不知该用什么办法来战胜这种自己的‘不自然’。我的头被悔恨搅得昏昏沉沉。

我真希望K能再打开隔扇门主动攻击我。我觉得自己刚才就如同遭遇了对方的偷袭，对K毫无防备。我心里暗暗琢磨，要把上午失去的重新夺回来。因此，我时不时就抬起眼睛望望隔扇门，但是那隔扇门等了许久也没打开，K永远都是静悄悄的。

渐渐地，我的头被这片静寂搅乱了。不知现在K在干什么，一想到这点，我就担心得要命。平时，我们总是这样隔着一扇门默默无语。K越是静悄悄的，我就越会忘记K的存在，这是我们的常态。所以，此时的我只能说处于一种失常的状态中。虽说如此，但我也不会主动打开隔扇门。一旦错过了机会，我就只能等待对方再来进攻的时机。

最后，我再也待不下去了。因为如果继续忍耐下去，我将会忍不住闯进K的房间。没有办法，我站起身走到沿廊，然后又来到起居室，感到无所事事，便拿起铁壶往茶杯里倒了些水，喝了下去。之后，我又走到玄关。我有意避开K的房间，就这样走到了大街上。当然，我并没有具体的目的地要去，只是无法待在家里不动。于是，便不管东南西北，在正月的街上游逛。无论走到哪儿，我脑袋里装着的全是K。我出来原也并不是为了把K从脑海中甩掉，可以说，我就是要在这东游西走中主动去品味他这个人。

在我看来，他首先是一个难以理解的人。他为什么要突然向我坦白这种事情？他的爱恋为什么会发展到非告白不可的程度？这一切对我来说都很难理解。我知道他很强，也知道他认真。我相信在决定今后采取何种态度之前，自己要了解他的事情还有许多。同时，我觉得今后继续与其为伍是一件令人恐惧的事情。我在街上拼命地走着，他一动不动坐在房间里的面容一直浮现在我的眼前。不知从什么地方传来了一个声音，好像在说：无论我怎么走，终归也动摇不了他。也就是说，他于我而言就好似一种魔物。我甚至觉得自己会永远受到他的诅咒。

我累了，回到家里时，他的房间仍然静悄悄的，就像没有人在家。

三十八

“我进家不久，就传来了人力车的声音。那时不像今天，还没有橡皮轮胎，所以即使隔得很远，也能听到令人讨厌的咣当咣当的声音。过了一会儿，车停在了门前。

大约过了三十分钟，她们来叫我吃晚饭。隔壁房间乱糟糟的，夫人和小姐的外出服就脱在那里。她们两个担心回来晚了会影响到我们，所以就急急忙忙赶回来做饭。不过，夫人的好心对 K 和我几乎没有任何作用。我坐在饭桌旁不痛不痒地答应着，不愿多说一句话，K 比我话还要少。她们母女俩偶尔一起出门，心情显得要比平时开心，这样一来更衬托出我们的神情。夫人问我怎么了，我回答说有点儿不舒服。事实上，我是很不舒服。接着，小姐问了 K 同样的问题。K 没有像我那样说自己不舒服，只是说自己不太想说话。小姐又追问为什么不想说话。我此时突然抬起发困的眼睛看了看 K，因为我很好奇，不知 K 会怎么回答。K 的嘴唇像往常那样有些抽搐。不知道他有这毛病的人，只会以为他这是不知如何作答。小姐笑着说：‘你又在想什么高深的问题吧。’K 的脸上微微泛红。

那天晚上，我比平时睡得要早。吃饭时我说不太舒服，这弄得夫人有些担心，十点左右给我端来了荞麦汤[①]。但是，此时我的房间已经漆黑一片，夫人有些惊讶，她把隔扇门拉开一道

---

① 此处指用开水冲泡荞麦面制成的饮品，荞麦面糊。

缝，昏暗的灯光从K的桌子斜射进我的室内。看样子，K还没有睡觉。夫人坐在我的枕边，对我说，你大概是感冒了，暖暖身子就会好的，说着把碗送到了我的面前。不得已，我只好当着夫人的面，喝下了黏稠的荞麦汤。

我在黑暗之中一直思考到深夜。当然，脑子里也只有一个问题在绕来绕去，除此之外什么也没有。我突然想知道K现在在隔壁干什么。于是，我有意无意地喊了一声'喂'，对方也应了一声'喂'，K还没有睡觉。我隔着隔扇问道：'还没睡呢？'对面传来一句简短的回音：'马上就睡。'我又问了一句：'干什么呢？'这次K没有回答。感觉过了大约有五六分钟，打开壁橱铺床的声音就清晰地传入我的耳内。我又问：'几点了？'K答道：'一点二十。'不久，又传来了吹灭油灯的声音，整个屋子陷入一片黑暗，悄然无声。

不过，在黑暗中我的眼睛越发敏锐起来。我又有意无意地对K'喂'了一声。K也用同刚才一样的语调应了一声。我表示想跟他细谈一下，谈谈今天早晨他告诉我的事情，看他有没有时间，我终于把话挑明了。我当然不想隔着门和他聊这种事情，我觉得K马上就会给我回音。可是，尽管刚才K两次都老老实实地回应了我的呼叫，但这次他却不作任何应答，只是低声迟疑地说了句'是啊'，这让我心里又是一惊。

三十九

“无论是第二天，还是第三天，K 的回应总是模棱两可，足可显现他的态度。他根本不想主动去谈及那个问题。当然，事实上也是没有这样的机会。只要夫人和小姐不一起出门而且在外待上一天，那么我们就不可能一起平心静气地慢慢交谈，对此我早有清楚认识；尽管意识到了，但心里还是愈加焦急起来。原本我暗做准备，打算等对方来找我谈，结果是我决心只要有机会自己就主动去交谈。

与此同时，我默默观察家里人的情况，夫人的态度、小姐的举止都和平时没有什么两样。既然在 K 告白前后，她们都没有什么特别的举动，那就意味着 K 的告白仅仅是针对我，关键性的那个人还有其监督者夫人，她们并没有听到。想到这里，我稍微放下心来。因此，我觉得与其有意识地创造机会、装模作样地找他谈，倒不如就这样顺其自然，不放过以后的机会为好。想到这些，我决定先不去管那个问题，把它搁置起来。

这么一说，听上去好像很是简单。但这番心理的变化就如潮水涨落一般，忽高忽低，各有不同。看到 K 纹丝不动的样子，我对此进行了多种解读。观察夫人和小姐的言谈举止，我又产生了怀疑，怀疑她们两人心里所想不一定就像外表表露的那样。而且我还想，人心里装置的复杂机器难道真会像时钟指针那样明确无误地指向表盘上的数字吗？总之，你可以认为，我是在对同样事情做出种种解释之后最终才抵达此处。如果说得再艰深些，也许此时不该使用'抵达'这个词。

就这样又开学了。上课时间相同的日子，我们就结伴离开家，时间合适的话，回家时我们也会在一起。在外人眼里，K和我非常亲密，和以前没有两样。不过，可以肯定在心里我们还是各人顾各人，自己想自己的。一天，在路上我突然逼问起K来。我首先问他，前段时间他的告白是仅仅说给我的，还是也和夫人、小姐讲了。我打算根据他的回答来决定自己今后的态度。结果，他明确表示自己还没有对任何人说过此事。我清楚地知道K比我敢干，也自知自己不如他胆子大。不过，不知为什么我又很信任他。虽然在学习用费上他曾经欺骗养父母长达三年，但是这并没有损伤我对他的信任，相反倒让我更加信任他。所以，不管我的疑心有多么重，我也不可能在心里否定他给出的明确回答。

我又问他准备怎样处理他自己的爱恋。我问话的潜台词是，你这仅仅是告白而已呢，还是说要通过这种告白获得实际效果呢。可是，一问到这点，他就一句话也不回答，只是默默地低着头走起来。我请求他不要隐瞒，有什么就说什么。他断言自己没有必要对我隐瞒。可是他对我想知道的那一点却不置一词。由于是在路上，所以我也不可能特意停下来刨根问底，最后也就不了了之了。

四十

“有一天，我来到很久没去的学校图书馆，坐在宽大桌子的一个角落，上身沐浴着由窗户射进的阳光，随便翻阅着新到的外国杂志。班主任要求我下周前完成我所学专业的某种资料的收集工作。但是，怎么找也找不到我所需要的资料，没有办法我只好屡次三番地借来杂志查找。最后，我终于找到了自己所需要的论文，专心致志地读了起来。就在此时，突然有个人从宽大桌子的对面小声叫我的名字。我猛地抬起眼睛，看到K站在那里。K弯着身子从桌子上将脸靠近我，众所周知，在图书馆里为了避免妨碍别人，是不能大声说话的。K的这种做法应该说很普遍，谁都可能这么做。可是，我那时却感到有些古怪。

K低声问我是在学习吗，我回答有些东西要查。K没有理会，还是在我面前不肯离去，他压低声音对我说：‘一块儿去散散步吧。’我回答道：‘你要稍等一会儿，我才可以去。’他说

‘我等’，随即就坐在了我前面的空位上。这样一来，我被分散了精力，杂志一下子就看不下去了。不知道为什么，当时我有一种强烈的感觉，觉得K是来和我谈判的，而且居心叵测。不得已，我只好合上刚开始读的论文，站起身来。K不着慌不着忙地问我：‘已经查完了吗？’我回答道：‘不管它了。’归还了杂志，我就和K一同走出图书馆。

我们两人也没有具体的去处，便从龙岗町走到池端，然后走进上野公园。这时，他突然开口主动提起那件事情。综合前后情况考虑，今天K特意拉我散步好像就是为了这件事情。不过，他的态度并没有显示出实质性的变化，他只是对我含混不清地问了一句：‘你怎么看？’这句‘你怎么看’实际上是在问，我是怎样看待陷入这种爱恋中的他。简而言之，他这是在寻求我的评价。这让我觉得自己清清楚楚看到了他与平时不同之处。我多次说过，他的性格就是顽强，不在乎他人的看法。他有胆量有勇气，一旦坚信就会孤身奋勇向前。养父母事件就让我对他的这一性格留下极深的印象，此时我明显意识到他今天不同寻常，这也是情理之中的事情。

我问K这次为什么需要我的评价，他用从未有过的沮丧的语调说，他实际上很感羞耻，因为他是个软弱的人。他又说，他在犹豫，他自己也弄不明白自己，所以只好寻求我的公正评价。我不失时机地进一步追问他，他所说的犹豫是什么意思。他解释说，现在应该前进还是后退，他是在为此犹豫不决。我马上又继续向他逼问，他现在如果想后退，就能够后退吗。结果，他的话在这里突然停住了，只是说他很痛苦。事实上，从他的神情明显可以看出痛苦的样子。假如他爱恋的对象不是小姐，我的回答一定会恰到好处，就像在他那干渴的脸上洒落甘霖一般。我自信自己生来就具有美好的同情心，但是此时的我却并非如此。

四十一

“我目不转睛地盯着K，就像是个参加不同派别的武术比赛的人一样。我用我的眼睛、我的心、我的身体，用附有我名字的所有一切，去面对K，而且要不留一丝破绽。无辜的K不仅破绽百出，而且是毫无遮掩，毫无防备，这就等于说我从他手里接过了他所保管的要塞地图，还在他眼前细细察看。

我发现K在理想和现实之间彷徨摇摆，便把自己的注意力集中在一点：只消一击便可将其击倒。随即我便抓住他的弱点直捣要害。我立刻在他面前做出一副严肃郑重的样子。当然，这是一种策略，所以我的表情也要显出与这副样子相应的紧张。

此时，我已经无暇感知自己的滑稽与羞耻。首先，我直言不讳地对他说：‘精神上没有上进心的人就是傻瓜。’这是我们两人去房州旅行时K对我说过的话。我用和他同样的语调，把他说过的话重新又抛给了他。这绝不是复仇，坦白地说，它的意思比复仇还更为残酷。我要用这句话阻挡住K前面的爱恋的去向。

K出生在真宗寺，但从中学时代起，他的思想倾向和生父家的宗旨就相距甚远。我不十分清楚教义上的差别，知道自己没有资格议论此事，而且我对这一点的认识也仅仅局限在男女关系方面。K过去就喜欢‘精进’这个词，我认为这个词含有禁欲的意思。但是后来一打听，原来这里面实际上含有比其更严重的意义，令我十分惊讶。他的首要信条就是为了‘道’必须牺牲一切，所以不仅要节欲、禁欲，就连与欲望无关的恋爱在他看来也会妨碍‘道’。K自己生活的时候，我经常听到他的这种主张，我当时已经开始爱恋上小姐，所以势必就要反对他的主张。每当我表示反对时，他总是显出怜悯的神情，这一神情中虽包含同情，但更多的却是轻蔑。

由于我们两人之间曾经有过这样一段过去，所以对于K‘精神上没有上进心的人就是傻瓜’这句话肯定就是他的痛处。不过，正像前面说过的那样，我并不打算用这么一句话将他好不容易搭建起来的过去踢得散了架，相反，我是要他像过去那样继续往上搭建。无论他是入道还是上天，都与我无关。我只是害怕K突然改变生活方向，与我的利益发生冲突。总而言之，我的这番话只是出于利己之心罢了。

‘精神上没有上进心的人就是傻瓜。’我又重复了一遍同样的话，然后注视着K，想看看这句话在K身上会产生什么样的影响。

‘我是傻瓜。’过了一会儿，K回答道，‘我就是个傻瓜。’

K突然停下脚步，站在那里一动不动。他死死地盯着地面，我不由得心里一惊。我觉得K在那一瞬间态度突然变了，就好似一个强盗。不过，尽管如此，他的声音却显得有气无力。我很想看看他的眼神，但直到最后他也没看我的脸。接着，他又慢慢走了起来。

四十二

“我与K并排走着，心里却暗暗‘等待’着他下面要说的话，也许把‘等待’换作‘伏击’更为恰当。当时，我觉得就算是说我在暗算K也不算过分。不过，我也受过教育，也有相应的良心，倘若那时有人来到我的身旁，对我小声说一句：‘你真够卑鄙的！’也许我会在那一瞬间猛然醒悟过来。假如那个人就是K，恐怕我会在他面前羞愧得面红耳赤。不过，K过于直率，过于单纯，人品过于善良，所以他不会责备我。可是，利令智昏的我忘记了应该对其表示敬意，反而乘机利用他的直率、单纯和善良，想将其击倒在地。

过了一会儿，K看着我，叫我的名字。这次我很自然地停下了脚步。紧接着，K也停下了脚步。这时我终于从正面看到了K的眼睛。K比我个儿高，我势必要仰起头才能看清他的脸。我就是在以这副神情，以自己狼一般的心，面对着K这只无辜的羊。‘不说这些了。’他说。他的眼神，他的语言，都流露出异样的悲痛。我有些无言以对。于是，K又央告我似的说：‘你就别说了。’这时我对他做出了残忍的回答，就好似狼伺机扑向羊的喉咙。

‘你让我别说了，可这也不是我最先说的，是你先说出来的。不过，你要是不想说了，我也可以不再说。只不过，你光是嘴上不说了可不行，你得心里不说，没有这样的思想准备，你怎么去实现你平时的主张？’

说这番话时，我感觉身材高大的他，很自然地就在我面前萎缩变小。正如我以前对你说过的，他是个十分固执的人，但他又比普通人更为诚实，所以当别人严厉地批评他自相矛盾时，他绝不可能置之不理。看到他的样子，我终于放下心来。就在此时，他突然问：‘思想准备?’我还没来得及回答，他又接着说：‘思想准备……要说思想准备，我倒也不是没有。’他的口气像是在自言自语，又像是在说梦话。

说到这里，我们就不再说了，迈步向小石川的住所走去。这天虽然风和日丽，不过毕竟是冬天，公园里显得很冷清。特别是回头看到被霜打得失去青绿色、变成茶褐色的杉木林，排列得整整齐齐，高高耸立，直插昏暗的空中时，我感觉寒气直逼脊背。我们疾步穿过傍晚的本乡台，下到小石川的低谷，向对面的山冈走去。此时，我终于感觉到大衣下有了体温。

也许是因为急着赶路，在归途中我们几乎没有说话。回到家里坐在桌前，夫人问我为什么回来这么晚。我回答道 K 叫我去上野了。夫人显得很吃惊，说这么冷还去上野。小姐问去上野有什么事。我只回答道没有什么事，就是去散散步。平素就沉默寡言的 K，此时比平时更加沉默了。夫人跟他搭话，小姐对他微笑，他都没有同她们打个像样的招呼，只是拼命往嘴里扒拉饭，还没等我离席他就回到了自己的房间。

四十三

“当时还没有‘觉醒’‘新生活’一类的词语，K 之所以没有轻易抛弃陈旧的自己，没有一味向新的方向跑去，倒不是因为他缺少现代人的观念，而是因为他无法抛弃宝贵的过去。可以说，他就是为了这个才活到今天。所以，虽说面对爱的对象K并没有不顾一切勇猛向前，但这绝不证明他的爱缺少热情。因为无论他的感情多么炽热，他也无法随心所欲。既然没有机会产生忘乎所以般的冲动，K只能止步不前，回首自己的过去。这样一来，他就不得不像从前那样走过去所指引的道路。而且，他身上还有现代人所不具有的固执和克制。我自认为在这两点上自己看透了他的内心。

从上野回来的那天晚上，对我来讲，是一个比较安静的夜晚。K回到房间后，我也跟了进去，坐在他的桌旁，故意没完没了地和他闲聊。他好像有些不耐烦。我眼里大概多少显露出胜利的喜色，我的声音里的的确确有些洋洋自得的回响。我和K在同一个火盆上烤了一阵子手，然后便回到自己的房间。在其他方面，无论做什么事情，我都不如他，唯有此时我才觉得他根本不值得畏惧。

没过多久，我就进入了安稳的梦乡。不过，突然有一个声音在叫我，使我从梦中醒来。睁眼一看，我发现隔扇门打开了二尺左右，K的黑影就站在那里。虽已是深夜，但他的房间还点着灯。突然从梦中醒来，我一时竟说不出话，神情恍惚地望着眼前的情景。

这时K问我：‘睡了吗？’K总是睡得很晚，面对黑乎乎好似剪影的K，我反问道：‘有什么事吗？’K回答道：‘也没有什么大事，我刚上厕所回来，顺便问问，看你是睡了还是没睡。’K背对着灯光，我根本看不到他的脸色和眼神。不过，他的声音却比平时显得沉稳。

不一会儿，K把打开的门又紧紧关上，我的房间马上又回到了原来的黑暗之中。我闭上眼睛，在黑暗中回到了安静的梦乡，自此就什么也不知道了。不过第二天早晨，我琢磨昨天晚上发生的事情，总觉得有些不可思议，心想说不定一切都是梦。吃饭的时候，我问了一下K。K说他的确打开过门，叫过我的名字。我问他为什么要那么做，他也没明确回答我。等我没有精神继续聊的时候，他反倒主动问我最近睡得好吗？我总觉得有些怪异。

按照课表，那天我们的课在同一个时间，所以我们两人就一起离开了家。从早晨起，我就一直想着昨天晚上的事，路上我继续追问K。不过，K仍然没有做出令我满意的回答。我叮问他你是不是还想和我聊聊那个事件。K语气激烈地明确说‘不是那样的’，听起来他像是在提醒我：‘我昨天不是在上野跟你说过了吗？！不要再说这些了。’在这方面，K的自尊心极强，我突然想到了这一点，由此一下子联想到他说过的‘思想准备’这个词，于是以前并不在意的这两个字开始以一股奇妙的力量束缚住我。

四十四

“我很清楚 K 有性格果断的一面，我也能准确理解在这个事件上他为何如此优柔寡断。也就是说，我自认为自己既了解 K 的一般状态，又掌握了 K 的例外情形，并因此洋洋得意。不过，我反复琢磨了他所说的‘思想准备’，这得意的色彩便渐渐暗淡下去，最后开始动摇起来。我想起来了，这种情形对他来讲或许并不是例外。我开始怀疑他心里已经谋划好彻底解决所有疑惑、烦闷、懊恼的方法了。在这一新思路的指引下，我重新审视‘思想准备’这几个字，心里大吃一惊。如果当时我能借助这心里的一惊，再客观地思索一下他所说的思想准备的内容，也许就好了。但是，可悲的是我只有独眼一只，没有看到其他的可能。在我看来，这个词汇只能解释为 K 对小姐所做的思想准备，我一心认定他所说的思想准备就是要在恋爱问题上发挥他的果敢性格。

我的‘心耳’听到了我也要做出最后决断的声音，我马上振作起来准备回应。我决心已定，要抢先在K之前，而且还要把事情办好，让K毫不知晓。我默默地伺机行动。但是，两天过去了，三天又过去了，我仍然没有捕捉到机会实施。我打算等K不在家、小姐出门的时候再去和夫人谈。但是却总是碰不到恰当的时机，他们两人中每天都会有一个人在家，这种日子弄得我坐立不安。

一周以后，我终于忍不下去了，就装起病来。夫人、小姐，还有K本人都来催我起床，而我只是含含糊糊地作答，一直睡到了十点左右。睁眼一看，K和小姐都不在家，整个屋里静悄悄的，我看准这个时机爬出被窝。夫人看到我，马上就问我是不是身上不舒服，并叮嘱我再多睡一会儿，饭菜她会送到我的床铺前。身体没有任何异常，我根本就躺不住，洗完脸我像往常一样在起居室吃了饭。此时，夫人在长火盆的另一端照料我吃饭。我手里端着饭碗，这顿饭说不上是早饭还是午饭。我心里很烦，不知怎么说出这个问题。我想，从外表上看我还真像一个身体不太舒服的病人。

吃完饭，我就开始抽烟。看我不站起身，夫人也不好从火盆旁边走开。夫人叫来女佣让她撤下餐具，然后一会儿往铁壶里倒水，一会儿又擦拭火盆边沿，陪着我闲聊。我问夫人是不是发生了什么特别的事情，夫人答道没有，随即又看着我的脸反问我为什么要问这个。夫人说话的语气很随便，好像根本没有理会我的心情，这使得我有些迟疑，没有马上说出下面要讲的话。

没有办法，我又东一句西一句地和夫人周旋了一阵子，这才开口问夫人 K 最近没说什么吗。夫人显得颇感意外，反问道：‘他说什么？’还没等我回答，夫人又反问我：‘他跟你说了些什么吧？’

四十五

“我没打算把从 K 那儿听来的告白说给夫人，所以就说了句‘没有’。刚说完，我马上就为自己说谎而感到不悦。没有办法，而且他也没有求我去帮他，我又改口说我不是要谈 K 的事情。夫人说了句‘是这样的啊’，就在等我的后语。既然说到这儿，我就不得不开口了。我冷不丁冒出一句：‘夫人，您把小姐给我吧。’夫人没有像我预料的那么惊讶，但看上去也是一时说不出话来，默默地看着我的脸。既然已经说出口来，夫人就是怎么看我，我也不会在意了，我又说：‘请把小姐给我吧，请一定给我。’接着又补充了一句：‘请一定给我为妻。’夫人上了些年纪，所以要比我冷静许多。她对我说：‘可以给你，可你不觉得太突然了吗？’我马上答道：‘我是突然想到娶她的。’听到我的回答夫人笑了，随即她又叮问了一句：‘你认真考虑了？’我语气坚定地解释说自己虽然说突然，但并不是突然才考虑的。

后来，我们又有两三次的一问一答，我不记得都说了些什么。夫人与普通女人不同，做事很干脆，像男人一样，在这种场合和她很容易沟通。她说：‘好，那就给你吧。’后来，夫人又拜托我：‘怎么能说给你呢，我们家也不是那种家境，可不敢说这种张狂的话。请您一定娶她。您也知道她没有父亲，这孩子很可怜。’

事情就这样定了下来，简单明了，从头到尾大概也没有十五分钟。夫人没有提出任何条件，她说不需要和亲戚们商量，过后再和他们说一声就行。她明确表示也不需要征求小姐本人的意见。对于这点，我这个在上学的人反倒觉得应该在意一下形式。亲戚也就算了，但从程序来讲还是应该事先和本人讲一下，得到她的允诺。于是，我提醒夫人，可夫人说：‘没关系。她本人不愿意，我也不会把她嫁出去的。’

回到自己的房间，想到事情进展得十分顺利，我心里反倒觉得怪怪的，脑子里爬出一个疑念，事情果真就这样成了吗？不过，从总体来看，我未来的命运就这样决定了下来。这一认识更新了我的一切。

下午，我又来到起居室，问夫人今天早晨的事情准备什么时候和小姐讲。夫人说只要她答应了，什么时候说都没有关系的。这么一来，我倒觉得对方要比我更像男人，便打算离开。结果，夫人留住我说，你要是想早点儿今天就行，她练琴回来我马上就和她说。我回答说您能这样做再好不过，说完便回到了自己的房间。不过，默默地坐在自己的桌前，想象着从远处听她们两人嘀嘀咕咕说话的情形，我觉得自己有些平静不下来。最后，我戴上帽子走出了家门，在坡路下面遇到了小姐。一无所知的小姐看到我，好像十分惊讶。我摘下帽子问她：‘现在回去吗？’她却有些惊讶地问我病已经好了吗，我连声回答道：‘嗯，好了，好了。’说完就迅速向水道桥方向拐去。

四十六

“从猿乐町走到神保町大街，我又拐到小川町方向。一般情况，我到这一带来都是为了逛旧书店。可那天我却没有一点浏览那些陈旧的书籍的心情。我走着，脑子里一直想着家里的事情。我记起夫人刚才的那些话，想象着小姐回家后的情形。也就是说，似乎是这种记忆和想象在逼迫我行走。我会时时不由自主地在大街正中央停下脚步，想着夫人现在大概正和小姐说那件事情，又觉得此时她们已经说完了。

我终于走过万世桥，上了明神坂，来到本乡台，后来又走下菊坂，最后下到小石川的低谷。我走的这段路程横跨三区，可以说画了一个椭圆形。在这长时间的散步中，我几乎没有再考虑K的事情。即使现在回想起当时的情景，问我为什么会这样，我也说不清楚，只觉得不可思议。如果我是因为过于紧张，以至于忘记了K，也就没什么可说的了，但我的良心决不会允许这样做的。

对于K，我的良心得以重新恢复，是在我拉开格子门从玄关走到房间的时候，也就是我像往常那样从他的房间穿过的那一瞬间。当时，他像平时那样面对着桌子看书。他像往常那样从书上把视线移开看着我，但是，却没有像往常那样对我说‘你刚回来啊’，而是问我：‘病好了吗？去看医生了吗？’就在这一瞬间，我真想跪在他面前，向他道歉。当时我涌起的那股冲动非同小可。假如只有K和我两个人站在旷野之中，我一定会顺从良心的命令，当场向他谢罪。但是，屋子里还有其他人，所以我的自然冲动立刻就受到了遏制，而可悲的是，它将永久无法复苏。

吃晚饭的时候，K和我又见面了。一无所知的K只是神情消沉，一点儿也没有把多疑的眼神转向我。而一无所知的夫人却比往常显得要高兴。唯有我知道这一切是因为什么。我心情沉重难以咽下每一口饭，小姐没有像往常那样和大家一起吃饭。夫人催她吃饭，她只是在隔壁房间答应了一声‘就来’。K对此感到不可思议，便问夫人这是怎么啦。夫人看了我一眼说，大概是不好意思。K更觉得不可思议，又追问一句：‘为什么不好意思？’夫人微笑着又看了我一眼。

还没有开始吃饭，我就从夫人的神情大致察觉到事情的进展。不过，要是为了给K做出解释，夫人当着我的面把一切和盘托出的话，那我可真受不了。更何况夫人还有可能毫不在意随便说出这种事情来，这弄得我提心吊胆。值得庆幸的是，K又恢复了原有的沉默。比平时心情要好些的夫人，最终也没有把话题扯到我最担心的那部分。我松了一口气，回到房间。不过，我不能不考虑今后应该对K采取何种态度。我在心里为自己做了多种辩护，但是哪种辩护都不足以面对K。怯懦的我最终也不愿意向K为自己做出解释。

四十七

“就这样过了两三天。不用说，这两三天里K带给我的不安一直沉重地压在我的心头。别说这种情况，就是平常我也得为他做些什么，否则就觉得对不住他。更何况夫人的语调、小姐的态度都在刺激着我，使我更加痛苦。性格粗犷的夫人说不定什么时候就会在饭桌上把我的事情捅出来。而且，那天以后小姐面对我的行为举止显得引人注目，很难保证这不会成为令K悲伤的诱因。事到如今，我必须想方设法把我和这个家庭之间建立的新关系告诉给K。不过，一旦在伦理上有了弱点，我觉得对于这个认可自己的人，这样做真是难于上青天。

我想，没有办法，看来还是请夫人郑重其事地告诉K，当然要我不在场的时候。不过，请夫人如实地告诉他，那只不过是直接和间接的区别而已，不会改变自己丢人现眼的事实。而如果让夫人对他扯谎，那夫人肯定要盘问自己为什么要这样做。假如讲出所有的事情再去央求夫人，那就等于自己主动把自己的弱点暴露在自己的爱人和她的母亲面前。办事认真的我，觉得这事关我将来的信誉。结婚前就失去恋人的信任，哪怕是一分一厘，对我来说都是难以承受的不幸。

总而言之，我就是一个傻瓜，原本要诚实走路，结果却失足滑倒。或者说我就是一个狡猾的人。目前注意到这点的只有上天和我的心。不过，此刻我陷入了窘境，要爬起来再往前走的话，就必须把刚才跌倒的事实告诉周围的人。我是无论如何也要掩饰住自己跌倒的事实，同时说什么也要往前走的。我僵立在这两者之间。

过了五六天，夫人突然问我和K说过那件事情没有，我回答还没说。于是，夫人责问我为什么不和他说，我紧张得无法作答。这时，夫人说出一句至今仍令我惊讶的话，至今我也没有忘记，记在心里：

‘我说呢，我一说，他脸色就变了。哪有你这样的，平时你们关系那么好，怎么能没事人似的，连句话也不说呢？’

我问夫人，K当时没有说些什么吗？夫人答道，没有说什么。听到夫人这么说，我也不好进一步打听细节了。夫人原本也不会藏着掖着，虽然她嘴上说没有什么，但还是把K的情况一五一十地说给了我听。

将夫人所说的综合起来，K似乎有些惊讶，但很冷静地承受了这最后的打击。据说，一开始，K对小姐和我之间结成的新关系只说了一句：‘是吗？’不过当夫人对他说‘你也祝贺一下嘛’时，他看了看夫人的脸，微笑着说：‘祝贺您。’说完就起身走了。在拉开起居室的门之前，他又回过头看了看夫人，问：‘他们什么时候结婚？’他还说：‘我也想给他们送个礼物，可是我没钱，送不了。’坐在夫人面前听到这番话，我心里十分难受痛苦。

四十八

“算起来，夫人对 K 说起那件事已经过了两天多。这段时间里，K 对我的态度和以前完全一样，所以我也就没有在意。他这种超然的态度就算是表面的，我觉得也值得敬佩。我在头脑里将他和我做了比较，他看上去要远比我出色。我心潮澎湃，感觉自己虽然在谋略上赢了，但却输掉了人格。我此时感觉自己脸上发红，心想 K 肯定会看不起自己。不过，事到如今我也不愿意跑到 K 面前去丢人现眼，这对我的自尊心来说是极大的痛苦。

星期六晚上，我左思右想，一会儿要前进，一会儿要停步，最后决定等到明天再说。可是，就在那天晚上，K 自杀身亡了。至今想起当时的情景，我还会不寒而栗。平时睡觉我的头总是朝东，可那天晚上我却把被子铺成了头朝西，这也可能是有什么因缘。那天，枕边吹来寒风，把我突然惊醒。睁眼一看，K 和我房间之间那扇平时总是紧闭的门被打开了，打开的程度和那天晚上一模一样。不过，K 黑乎乎的身影没有像上次那样立在那里。就像受到暗示一样，我用胳膊肘撑住地板抬起身子，神情紧张地向 K 的房间张望。灯亮着，但灯光昏暗。不过，被褥都铺好在那里。只是被子堆在了脚下，像是被踢开了似的。而K本人则头朝那边趴在那里。

我'喂'了他一声，可他没有任何回应。我又喊了K一声：'喂，你怎么了？'不管我怎么喊叫，K仍然一动不动。我马上站起身，走到屋子的门槛，借着昏暗的油灯光，从那里打量了一下他房间的情况。

当时我的第一感觉，和听到K突如其来的告白时差不太多。我刚看了他房间一眼，眼睛立即就失去了转动的能力，好似变成了玻璃做的假眼一般。我呆若木鸡，傻愣愣地立在那里。这一切宛如疾风一般从我身上席卷而过后，我立时感到大事不好。一道'已经无可挽回'的黑光，穿透我的未来，转瞬之间强烈地将横亘在我前面的整个一生照亮。我的身子瑟瑟抖动起来。

即使如此，最终我也没有忘掉我自己。我马上注意到桌子上放着一封信。正如我所预料的那样，这封信是写给我的。我不顾一切地拆开了信。不过，信里根本没有写着我所预料的事情。我原想里面一定罗列着令我极为痛苦的字句，我十分害怕这些字句被夫人和小姐看到，担心会受到她们的极度蔑视。我稍微看了一下，立刻觉得自己没事儿了（当然，这只是面子意义上的'没事儿'，不过这种面子此时对我来讲显得事关重大）。

信的内容十分简单，可以说写得很抽象。信上只写着：‘我自己是个意志薄弱者，缺乏行事能力，既没有未来也无前途，为此我决定自杀。’另外，在信末尾，他又用极为简单的语句加上了对我感谢的话，感谢我迄今对他的照顾。还有一句话，是说让我帮忙料理他的身后事情，信里还表示给夫人添了麻烦，让我代他向夫人道歉。除此之外，他还要求我通知老家的人。必须要办的事情，他都一一做了交代，但遗书里哪儿也找不到小姐的名字。读到最后，我发现 K 是在有意回避。不过，让我最深有感触的还是最后那句话，那句话似乎是用余墨添加上去的。这句话的意思是，他本该早早死掉，可不知为什么还要活到今天。

我双手颤抖，把信卷起来，重新放在信封里。按照原来的样子，我又把它放在了桌子上，有意让大家都能看到。此时，我回过头才发现迸溅在隔扇门上的血迹。

四十九

“我突然两手抱住 K 的头，将其微微抬起，我想看看 K 死去的表情。但当我探头看到趴在那里的他的脸时，抱着他头的双手立刻松开了。这倒不完全是因为不寒而栗，还是因为我觉得他的头太重了。我从上面看了一会儿刚才碰到的冰冷的耳朵和他那一直不变的平头上的浓密毛发。我没有丝毫想哭的感觉，只是觉得害怕，而这种恐惧并不是眼前情景刺激感官所产生的单纯恐惧。我深深感受到这位忽然变得冰冷的朋友所暗示的我的命运的恐惧。

我神情恍惚地回到自己的房间，在八叠的空间中转来转去。我的头脑命令我这么毫无意义地运动。我觉得自己必须要做些什么，同时又觉得自己什么也做不了，只能在房间里转来转去，好似被关进笼子里的熊。

有时我想走到里面把夫人叫起来。但不该让女人看到这恐怖情景的想法，马上阻止了我。我有一个强烈的念头，那就是不仅不能吓到夫人，而且绝不能吓着小姐。这念头按压住我，让我又在屋里转起来。

这段时间里，我点上自己房间里的油灯，时不时地看看表。再没有像此时的表走得那么磨磨蹭蹭慢慢腾腾的了。虽然说不清我起床的准确时间，不过很明显是快到黎明时分。在转来转去之中，我焦急地等待着天亮。我一直在烦恼，生怕这黑夜会永远持续下去。

我们习惯在七点前起床，因为学校多是八点上课，此时如果不起来就赶不上上课。所以女佣每天都是六点左右起床。但是，那天我喊女佣起床时还没到六点。于是，夫人提醒我说今天是星期天，原来夫人听到我的脚步声已经醒了。我对夫人说，您既然醒了就到我的房间来一趟吧。夫人在睡衣外面披了一件平时穿的和服外褂，跟着我来到房间。我一进门就马上关紧了刚刚打开的隔扇门，小声告诉夫人出大事了。夫人问我什么大事，我向隔壁房间努努嘴说：'您可别害怕。'夫人脸色苍白，我又说：'夫人，K 自杀了。'夫人吓得一动不动瘫坐在那里，看着我的脸一声不吭。这时我突然跪在夫人面前，低下头，一个劲儿地道歉：'对不起，都是我不好，对不住您，对不住小姐。'在见到夫人前，我根本就没想说出这番话，但是看到夫人的脸时，却不由自主突然冒了出来。你可以认为，我虽然无法对 K 道歉，却不得不对夫人和小姐做出道歉。也就是说，我的自然抢先平时的我一步，昏昏然就张嘴表达了忏悔。夫人对我的话没有理解到如此深的意味，这对于我来讲是一种幸福。夫人脸色苍白，安慰我说：'事出意外，也是没办法嘛。'但是，她的脸部肌肉十分僵硬，上面仿佛雕刻着惊讶和恐惧。

五十

"虽然不忍心让夫人看到那幅景象，我还是又打开了刚刚拉上的唐纸隔扇门，此时房间里漆黑一片，K油灯里的油似已燃尽。我回过身，手持自己的油灯站在门前，回头看了看夫人。夫人躲在我的身后，探头看了看四叠房间的里面，但不想进去。她对我说：‘这儿别动，就这么放着吧，打开遮雨窗。’

这之后的夫人处事不惊，办事干脆，很有军人未亡人的气概。我找来医生，又叫来警察，但都是在执行夫人的命令。在这些手续没有履行前，夫人不允许任何人进入K的房间。

K是用小刀割断颈动脉立时丧生的。此外，再没有一处伤口。我这才知道，我借着昏暗灯光看到的唐纸隔扇门上的鲜血，是从他的脖颈一下迸溅出来的。在白天日光的照射下，我再一次清晰地看到鲜血的痕迹，并为人的鲜血迸溅之猛烈感到惊讶。

夫人和我想方设法，费尽力气清扫干净K的房间。万幸的是，他流淌出来的血大部分都被他的棉被吸收进去，所以榻榻米并没有弄脏，收拾起来还算容易。我们两人把他的尸体搬进我的房间，按照平时睡觉的样子横放在那里。完事后，我去给他生身父母家发电报。

我回来时，K的枕边已经燃起了线香。走进房间，一股香火味儿十足的烟味儿扑鼻而来，在烟雾缭绕之中我看到两个女人坐在那里。自从昨天晚上以来，我这是第一次看到小姐的脸。小姐在哭，夫人的眼睛也红红的。事件发生后，我一直忘记了流泪，直到此时此刻才终于生出一股悲伤的感觉。由于这悲伤，我的心不知得到多大的宽慰。此时的悲伤为我因痛苦、因恐惧而紧绷的内心滴上点滴润泽。

我默默地坐在她们两人的身旁，夫人让我也为K点上一炷香。我点上香后又默不作声坐在那里。小姐对我什么也没说。我偶尔会和夫人交谈一两句，但都不过是说说临时需要办的事情。我还没有时间跟小姐谈K生前的事情，即使如此，我心里还是觉得庆幸，幸亏没有让她看到昨晚那可怕的情景。年轻美丽的人如果看到了可怕景象，那难得的美丽有可能会因此遭到破坏，这使我很是恐惧。即使恐惧渗透到我头发的末梢，我也不可能放弃自己的这种想法去行事。肆意鞭挞美丽无辜的花朵，这同样使我深感不悦。

K的父亲和哥哥从家乡来的时候，对于将K的遗骨葬在何处，我表达了自己的看法。在他生前，我和他经常在杂司谷一带散步，K很喜欢那个地方，我记得我还因此半开玩笑地和他约定，既然这儿那么好，你死了我就把你埋在这里吧。我觉得，就算现在按照约定把K安葬在杂司谷，也不会有多少功德。不过，我更想在有生之年每个月都能跪在K的墓前表达自己深深的忏悔。K的父亲和哥哥答应了我的要求，大概是因为他们过去没有管K，而我在各方面给了K极大帮助，这使他们觉得欠了我一份情。

五十一

“参加完 K 的葬礼回家的路上，K 的一位朋友问我，K 为什么要自杀。自事情发生以来，我接受过无数次这样的提问，弄得我很是痛苦。夫人、小姐、家乡来的父兄，还有收到通知的熟人，甚至和他没有任何关系的报社记者都会向我提出同样的问题。每次，我的良心都会如针扎般地疼痛。而且，在这提问背后，我总会听到一个声音：‘你快点坦白吧，是你杀的人。’

我的回答对谁都是一样，只是重复他写给我的信上的话，除此之外不置一词。在结束葬礼回家的路上问我同样问题、得到同样回答的 K 的那位朋友，从怀里拿出一张报纸给我看。我一边走一边读着他指点的地方，上面写着 K 是因为遭到父兄离弃、产生厌世想法而自杀。我什么也没说，把报纸折叠起来还给了那位朋友。他还告诉我，除了这张，有的报纸说 K 是因为精神错乱而自杀的。我很忙，几乎没有闲暇读报，所以对这方面一无所知，不过我心里一直在担心。我最害怕的是会有报道给家里的人添麻烦，特别是若有人拿小姐作为例证，哪怕就是出现个名字，我也会觉得难以忍受。我问那位朋友还有没有写其他的，朋友答道自己看到的就只有这两种。

不久以后，我就搬到了现在住的这个地方。夫人和小姐都不愿意继续住在原来的住处，我也觉得每天晚上都重复那晚的记忆过于痛苦，所以大家商量后便决定搬离那里。

搬到这里过了两个月，我顺利地从大学毕业了。毕业不到半年，我和小姐终于结婚了。从表面来看，顺风顺水，万事如意，可喜可贺。夫人和小姐都显得非常幸福，我也很幸福。不过，我的幸福总有黑影尾随。我觉得，这幸福或许就是导火索，它最终将会把我引向悲惨的命运。

结婚的时候，小姐，不，已经不是小姐了，该叫妻子，妻子不知想起了什么，说要和我一起为K扫墓。我什么也没想，只是觉得心头一惊。我问她为什么会突然想要这么做，妻子说我们两人一起去扫墓，K一定会很高兴。我直盯盯地望着一无所知的妻子，妻子问我为什么这副神情，我才反应过来。

我按照妻子的愿望，和她搭伴去了杂司谷。我把水浇到K的新墓碑上，为它做了清洗。妻子在墓碑前供上了线香和花，我们两人低下头，双手合十。妻子一定对K讲了和我一起来扫墓的原委，想让K高兴高兴吧。而我只在心里反复重复，都是自己不好，全怨自己。

当时，妻子抚摩着K的墓碑，赞许道真够气派。其实那墓碑并没有什么，只是因为是我亲自到石料店挑选的，妻子才故意这样说。那新的墓碑，我新的妻子，还有被埋在地下的 K 的新的白骨，我将它们放在一起比较，不能不感到命运的嘲讽。我决定今后绝不和妻子一起去为 K 扫墓。

五十二

“我对亡友的这种感觉一直持续未变，事实上我也一直害怕这种感觉。虽然结婚是我多年来的愿望，但可以说就连在结婚仪式上我都感觉不安。不过，我本人是预料不到自己的未来的，所以我觉得这或许会使我心情大为改观，成为迈入新的人生的开端。可是，当我真正作为丈夫与妻子朝夕相处时，我那虚幻的希望却被严酷的现实轻而易举地打碎了。每逢和妻子相见时我就会突然感到来自 K 的威胁。也就是说，妻子站在 K 和我中间，使我们永远相连、无法分开。对于妻子，我没有任何不满，唯有因为这点我想远离她。于是，这马上就会反映到她的心里，她能察觉，却不知原因何在。我时常受到妻子的盘问，她会问我为什么要这么想，是不是有什么不满意的，如此等等。虽然对这种事情一笑了之也并无大碍，但妻子也会情绪激动，发出‘你是不是讨厌我’‘你好像有事情瞒着我’之类的怨言，让我不得不去忍受。每逢此时我都痛苦万分。

我有好几次想索性向妻子坦白事情的真相，但是一到关键时刻，某种源自自己之外的力量就会突然出现控制住我。你能够理解我，按说不必再做解释，但事情必须要交代得有条有理，所以我还是要再说一说。当时，我根本不想对妻子掩饰自己。假如我能够以与对待亡友的同样的善良之心在妻子面前做出忏悔的话，妻子肯定会热泪盈眶原谅我的罪过。但我却没有那么做，这并不是因为我有基于利益的算计，而是因为我不忍在妻子的记忆中留下一点黑暗痕迹。正因为如此，我才没有坦白。你可以这样理解，在洁白的物体上毫不留情地撒上墨水，哪怕是一滴，对我来说也是极大的痛苦。

一年过去了，我仍然难以忘却K，心里总是感到不安。我努力沉溺于书海之间，以排解这种不安。我开始拼命地学习，并且等待能够将结果公开于天下的日子的到来。不过，这种勉强设定的目标、勉强等待目的达成的日子，都是虚空的，令人不愉快的。我无法全身心地投入到书本之中，我又开始抱起双臂眺望这个世界。

对此，妻子好像是这样判断的，因为今天生活无忧，我心里才会松懈下来。她这么想也是理所当然，因为妻子家里的财产，就是她们母女二人什么事情都不做也足够她们生活下去的，而我的境况也是不需要去找职业做工作。虽然我也确实多少有些被惯坏了的味道，但是我待在家里不动的主要原因并不在这儿。毫无疑问，受到叔父欺骗的我深感他人的不可信，但我只是认为其他人不好，而自己还是实实在在的。我心里还有一种信念，无论别人怎样，我自己是完美高尚的。但这种信念却被K彻底打碎了，当我意识到自己也是和叔父同样的人时，我突然糊涂起来。我原本厌恶他人，现在连自己也厌恶起来，正因为如此我才躲在家里不愿动弹。

五十三

“我无法将自己活埋在书籍中，有一段时间，便试图将灵魂浸泡在酒水里，借此忘却自己。我说不上喜欢喝酒，但是要说喝也是能喝一点儿，所以我竭力借助酒来麻醉自己的心。这种肤浅的权宜之计没过多久就使我有些厌世了。我在烂醉一团中突然发现了自己的位置，我发现自己就是一个故意装模作样来伪装自己的蠢货。于是，我浑身颤抖，眼睛和心都苏醒了过来。有时候无论喝多少酒，我也无法进入这种伪装状态，心情只会越发低落。而且，用技巧换得愉快之后，必定会出现反动，变得更加忧郁。我总是这样表演给我爱的妻子和她的母亲，而她们又总是很自然地从她们的立场对我进行解释。

妻子的母亲好像常常对妻子说些难堪的话，妻子瞒着我，不和我说。当然，我这个人呢，好像没人单独责备我心里就不舒服。说是责备，但也绝不会使用那种激烈的词语。因为碰到妻子说我的时候，我几乎就没有激动生气过。妻子经常求我要是有什么不高兴的事儿就直截了当说出来，而且还劝我为了将来不要喝酒。有时候，她哭着对我说：‘你最近变了个人似的。’如果就说这些倒还没有什么，她甚至讲：‘K要是活着，你就不会变成这样的。’我有时候回答她说也许是的，但我回答的意思和妻子理解的意思完全不一样。所以我心里非常悲伤。虽然如此，我仍无意向妻子做任何解释。

我经常向妻子赔罪，这多是在喝醉酒回家晚了的时候，而且是在第二天早晨。妻子笑一笑，或者沉默不语，偶尔也会扑簌簌地流下泪水。不论怎么样，我都对自己感到极为不快，所以我向妻子赔罪就等于向自己赔罪。我最终戒了酒，这倒不是因为听了妻子的劝告，应该说是因为自己厌恶了才戒掉的。

酒是戒掉了，但我却什么也不想做。没有办法，我就读书。不过也就是读读罢了，后来也就放弃了。妻子经常问我为什么学习，我只能苦笑。但是，一想到这个世界上连自己唯一最爱的人都不理解自己，心底便感到非常悲哀，一想到明明有办法让她理解但却没有勇气让她理解，就愈发悲哀。我很寂寞，经常觉得自己是独自住在一个与世隔绝的世界之中。

同时，我会反复思考K的死因。那时我的心思全都在恋爱上面，也许就是因为如此，我的观察简单而单纯：未加思索就断定K的自杀毫无疑问是因为失恋。不过当我平静地面对这一现象时，渐渐又觉得很难断定这一事实。也许是因为现实和理想的冲突？……这还不够。最后，我怀疑，也许和我一样，K因为独自一人，感到孤独，最后突然结束了自己的生命。于是，我不寒而栗，觉得自己也要像K一样，走K走过的路，这种预感时常像一阵风从我心头掠过。

五十四

“后来，妻子的母亲病了。请医生来看，医生诊断说很难治愈。我竭尽全力对她精心照料，这既是为了病人本身，也是为了亲爱的妻子，从更大的意义讲，这就是为了人。在此之前，我也很想做点儿什么，可却什么也做不了，可以肯定我就是因此不得已才袖手旁观的。就在此时，与世隔绝的我才第一次感到自己主动做了点儿好事。一种应该称作赎罪的心情支配着我。

母亲去世了，只剩下我和妻子孤零零两个人。妻子对我说，今后这个世界上能够依靠的只有一个人了。自己本身都无法依靠的我，望着妻子的脸不由得湿润了眼睛。我觉得妻子是个不幸的女人，并且顺嘴把‘不幸的女人’说出了口。妻子问为什么，她不明白我的意思。我也无法对她解释。妻子哭了，我恨自己，觉得自己平常总是用扭曲的想法观察她，才说出这种话来。

母亲去世后，我尽可能体贴妻子。这不仅是因为我爱她，还因为我的体贴不是针对个人的，而具有更广阔的背景。我心情发生了变化，就如同照护妻子母亲时的那种感觉。妻子显得很满足，但在这满足中又包含一些模糊不清的不满，这不满是因为无法理解我而产生的。不过，即使妻子能够理解我，这不满也只会有增无减。因为较之来自伟大的人道立场上的爱情，女人更喜欢那种即使略失情义、但却仅仅关注于自己的体贴，在这点上她们比男人更多些。

有一次妻子问，男人的心和女人的心为什么就不能紧紧贴在一起？我只是含糊地答道年轻时还是能的。妻子似乎沉浸在自己的过去之中，过一会儿她微微叹了一口气。

从那时起，我的心里就时时闪过一个恐怖的影子。一开始，它只是偶然从外部袭来，让我惊讶，使我战栗。但过了一阵子，我的心就适应了这凶猛的一闪。最后，即使它不从外部袭来，渐渐地我也觉得它好像天生就深藏在我的心底。每逢有这种感觉，我就怀疑自己的脑袋是不是出了问题。但是，我却不愿意请医生、让任何人为我诊治。

我深感人的罪孽，这种感觉促使我每个月都去K的墓地，这种感觉使我照护妻子的母亲，这种感觉命令我温柔待自己的妻子。有时候，为了获得这种感觉我甚至甘愿遭受陌生路人的鞭挞。在渐渐走过这一阶段的时候，我觉得比较起被人鞭挞，更应该自己鞭挞自己，而比较起自己鞭挞自己，更应该自己杀掉自己。没有办法，我决心要拼死活下去。

下此决心到今天，已经过了多少年？我和妻子和睦如初，一直生活至今。我和妻子是幸福的，绝没有不幸。但是，在妻子眼里，唯有我所具有的那一点，唯有对我来说很难改变的那一点，总显得黑暗。一想到这点，我就觉得很对不住妻子。

五十五

“我决心拼死活下去后，我的心常常受到外界的刺激而狂跳不已。但是，当我决心向某个方面转动时，一股可怕的力量就会立刻从某个地方窜出来，紧紧攥住我的心，让它一动不动。而且这股力量还会不容分辩地说：‘你这家伙，没有资格做任何事情。’这一句话立刻就让我无精打采、意志消沉。过了一会儿，我想振作起来，又被它打压下去。我咬紧牙关，大吼一声：‘你为什么要阻挡别人！’这股不可思议的力量冷笑着说：‘你这不是明知故问吗？’

你可以这么认为，我虽然一直过着无惊无险平静单调的生活，但内心里却经常会有这种痛苦的战争。妻子看到这些会觉得心烦意乱，而我自己比她不知要心烦意乱多少倍。当我在这牢房里无法忍受下去时，当我无法冲破这牢房时，我感觉对我来说最容易实现的最终就只有自杀了。你也许会瞠目结舌问为什么，因为那股不可思议的总来攥住我的心的可怕力量阻止了我所有的行动，对我自由开放的唯有留下的死路一条。不动则已，稍稍一动，就得走这条路，否则就无路可走。

至今我已经有两三次试图在命运的指引下走向这最容易的地方，但我总是留恋我的妻子，而且也没有勇气把妻子一起带走。我这种无法向妻子坦白一切的人，即使想一想这种野蛮行径、剥夺妻子的性命让其成为自己命运的牺牲品，心里都极为恐惧。正像我有我的宿命，妻子也有妻子的机缘。如果硬把两个人绑在一起填到火中，且不说难以做到，在我看来也是惨不忍睹的。

同时，我还想象到我过世以后的妻子，更觉她十分可怜。我仍然记得她母亲去世时她说的那番话：‘今后这个世界上能够依靠的人只有你了。’想起这番话，我可谓百感交集。我总是摇摆不定。有时看着妻子，我会觉得没有自杀真好，这时我又会紧张得一动不动。后来，妻子常常用似乎不满意的眼神望着我。

请记住，我就是这样活过来的。第一次在镰仓见到你时，和你一起在郊外散步时，我的心情没有特别的变化。我的身后总是有个黑影跟随着我。我这个人似乎就是为了妻子，才拽着自己的生命行走在世上。你毕业回家时，我也是一样。我和你约好九月份再见面，这绝不是撒谎敷衍。我一直准备见你，秋去冬来，即使冬天到了尽头，我也准备一定见到你。

结果，在盛暑夏日，明治天皇驾崩了。那时，我觉得明治精神始于天皇也终于天皇，而我们受明治影响最大，我强烈感觉到即使在其之后苟存，也必将落伍于时代。我很明确地对妻子这么说，妻子笑了笑，没有当回事儿。也不知是怎么想的，妻子突然对我开玩笑说，那你就殉死算了。

五十六

“我几乎忘了‘殉死’这个词，因为平时无需使用，它已经沉入记忆的底层，似乎开始腐烂。听到妻子的谈笑，我才记起它来。面对妻子，我也用它来回答，说自己如果殉死，就准备殉明治的精神。我的回答当然也不过是谈笑而已，但当时我感觉自己似乎赋予了这个陈旧无用的词新的意义。

我在报纸上读到乃木大将临死前写下的东西，里面有这样的词句：西南战争时，旗子被敌夺走，甚为内疚，一直想以死相报，但却活到今天。我不由屈指细算乃木打算自尽到一直拖延至今的具体时间。西南战争是在明治十年，到明治四十五年已有三十五年之久。在这三十五年间，乃木好像一直打算自尽，一直在等待机会。我心想，对他来说，是活着的这三十五年更痛苦，还是将刀插入腹部的一刹那更痛苦。

又过了两三天，我终于决心自杀。就像我不太清楚乃木自尽的原因一样，你或许也无法彻底理解我自杀的缘由。倘若真这样，那就是时势推移造成的人的差异，对此我们是无可奈何的。或许更准确地说，应该是个人天性不同所致。我觉得此前的叙述中，我已尽可能地把我这个不可思议的人呈现给你了。

我要把妻子留下，自己走了。即使我不在了，妻子也不会有衣食住之忧，对此我感到很幸福。我不愿带给妻子残忍的惊恐，我打算死时不让妻子看到鲜血的颜色。我要在妻子不知不觉时悄悄地从这个世界消失。我希望在我死后，妻子以为我是猝死，即使她认为我发疯了，我也很满足。

你要知道，我决心自杀之后，已经过了十天，而大部分时间都用在给你写下这长篇自传的一节。一开始，我打算与你面谈，但写了写，觉得这样反而能够更清晰地描绘出自己，我很高兴。我绝不是突发奇想写下这些的。我的过去产生了我，而我的过去作为人类经验的一部分也只能由我讲出，所以我觉得我付出努力、真实无误地写出它，在了解人的方面，无论对于你还是其他人都不会是徒劳无用的。最近从前辈那里听说，渡边岩山为作邯郸一画曾将死期推迟了一周，在别人看来会认为这是多此一举，而他本人也许会说，自己心中有相应的要求，此举乃不得已而为之。我的努力不单单是为了遵守与你的约定，多半还是我自身的要求所致。

不过，我现在已经满足了自身的要求，已经无事可做。等这封信到你手里时，我已经不在这个世界，已经死掉了。十天前，妻子去了市谷的婶母家。婶母病了，家里缺人手，是我劝她去的。妻子不在家的时候，我写完了这长篇的大部分。妻子常常回来，她一回来我就马上把它藏起来。

我打算把自己的过去，无论是善是恶，统统提供给他人参考。不过，你一定要明白，只有妻子是个例外。我不想让妻子知道任何事情，我唯一的希望就是让妻子尽可能洁白无瑕地保存对我过去的记忆。所以我死后，只要妻子还活着，我对你坦白的我的这些秘密，就要请你全部埋藏在你的心里。”